SCIENCE FICTION

Herausgegeben
von Wolfgang Jeschke

Von Michael Moorcock erschienen außerdem in der Reihe HEYNE SCIENCE FICTION & FANTASY:

Miß Brunners letztes Programm (06/3348)
INRI oder: Die Reise mit der Zeitmaschine (06/3399)
Die Zeitmenagerie (06/3492)
Gloriana oder die unerfüllte Königin (06/3808)

ELRIC-ZYKLUS:
Elric von Melniboné (06/3643)
Die See des Schicksals (06/3657)
Der Zauber des weißen Wolfs (06/3692)
Der verzauberte Turm (06/3727)
Im Banne des schwarzen Schwertes (06/3753)
Sturmbringer (06/3782)
Elric von Melniboné. Die Sage vom Ende der Zeit
(6 Romane in einem Band; 06/4101)

DIE ABENTEUER CAPTAIN OSWALD BASTABLES
(DER ZEITNOMADEN-ZYKLUS):
Der Herr der Lüfte (06/3876)
Der Land-Leviathan (06/3903)
Der Stahlzar (06/4122)

MICHAEL MOORCOCK

DER STAHLZAR

Die Abenteuer
Captain Bastables

3. Band
des Zeitnomaden-Zyklus

Science Fiction Roman

Deutsche Erstveröffentlichung

WILHELM HEYNE VERLAG
MÜNCHEN

HEYNE-BUCH Nr. 06/4122
im Wilhelm Heyne Verlag, München

Titel der englischen Originalausgabe
THE STEEL TSAR
Deutsche Übersetzung von Sylvia Pukallus
Das Umschlagbild schuf Karel Thole

Redaktion: Friedel Wahren

Printed in Germany 1984
Umschlaggestaltung: Atelier Ingrid Schütz, München
Satz: Schaber, Wels
Druck und Bindung: Elsnerdruck GmbH, Berlin

ISBN 3-453-31086-1

Inhalt

Erster Teil

DIE ABENTEUER EINES ENGLISCHEN LUFTSCHIFFAHRERS IM GROSSEN KRIEG VON 1941

Inhalt

Zweiter Teil

›WEDER HERR NOCH SKLAVE!‹

Meinen Gläubigern gewidmet,
die mir ein nicht versiegender Quell
von Inspiration bleiben

EINFÜHRUNG

Die Entdeckung und Veröffentlichung zweier Manuskripte aus dem Nachlaß meines Großvaters haben zu einer beachtlichen Anzahl von Spekulationen bezüglich ihrer Echtheit und ihrer Verfasser geführt. Die Manuskripte bestanden aus einem handschriftlichen Text meines Großvaters nach Berichten des mysteriösen Hauptmanns Bastable, den er zu Beginn dieses Jahrhunderts auf Rowe Island kennengelernt hatte, und einem weiteren Text, der anscheinend von Bastable selbst aufgezeichnet worden war und den man meinem Großvater übergeben hatte, als dieser China auf der Suche nach dem Mann besuchte, der (wie man ihm berichtete) ›ein Nomade der Zeitströmungen‹ geworden war.

Die nur leicht überarbeiteten Texte veröffentlichte ich unter den Titeln ›Der Herr der Lüfte‹ und ›Der Landleviathan‹, und ich war überzeugt davon, daß ich niemals mehr etwas über Bastables Abenteuer erfahren würde. Als ich in meinem Schlußwort zum ›Landleviathan‹ anmerkte, ich hoffte, Una Persson würde mir eines Tages einen Besuch abstatten, war das natürlich ironisch gemeint. Ich glaubte nicht, daß ich die berühmte Chrononautin jemals kennenlernen sollte. Doch wie das Schicksal so spielt, begann sie mir kurz nach der Publizierung des ›Landleviathan‹ Besuche abzustatten. Sie schien froh zu sein, mit mir reden zu können, und erlaubte mir, viel von dem zu benutzen, was sie mir über ihre Erfahrungen in unserer Zeitströmung und in anderen Zeitströmungen erzählte. Was jedoch Oswald Bastable anging, war sie nicht sehr gesprächig, und mir wurde bald klar, daß ich sie nicht bedrängen durfte. Die meisten meiner Anspielungen auf ihn in anderen Büchern (wie beispielsweise in

›The Dancers at The End of Time‹) waren reine Spekulation.

Gegen Ende des Frühjahrs 1979, kurz nachdem ich einen Roman fertiggestellt hatte und mich von der davon herrührenden Erschöpfung erholte, welche mein Privatleben zugrunde gerichtet und meine Urteilskraft erheblich geschwächt hatte, erhielt ich in meiner Londoner Wohnung einen Besuch von Mrs. Persson. Ich war nicht in der Stimmung, mit irgendeinem Menschen zusammenzusein; doch sie hatte irgendwoher erfahren (oder es vielleicht bereits von der Zukunft aus gesehen), daß es mir schlecht ging, und war gekommen, um sich zu erkundigen, ob sie etwas für mich tun könnte. Ich sagte ihr, daß es nichts gäbe, was sie für mich tun könnte. Mit Zeit und Ruhe würden sich meine Probleme lösen.

Sie stimmte zu und ergänzte mit einem kleinen Lächeln: »Aber vielleicht brauchen Sie Arbeit.«

Vermutlich äußerte ich voller Selbstmitleid etwas in der Art, daß ich nie wieder würde arbeiten können (diese Ansicht teile ich mit allen schöpferischen Menschen, die ich kenne), und sie unternahm keinen Versuch, mich von meiner Auffassung abzubringen. »Nichtsdestotrotz«, sagte sie, »falls Sie jemals das Bedürfnis empfinden sollten, werde ich nicht weit sein.«

Nun packte mich die Neugier. »Wovon reden Sie eigentlich?«

»Ich habe eine Geschichte für Sie«, sagte sie.

»Geschichten habe ich genug«, entgegnete ich, »aber nicht die geringste Lust, mich mit ihnen zu beschäftigen. Geht es um Iherek Carnelian oder den Duke of Queens?«

Sie schüttelte den Kopf. »Diesmal nicht.«

»Alles kommt mir so sinnlos vor«, sagte ich.

Sie tätschelte mir den Arm. »Sie sollten eine Weile fortgehen. Reisen.«

»Vielleicht.«

»Und wenn Sie nach London zurückkehren, habe ich eine Geschichte für Sie parat«, versprach sie.

Ihre Freundlichkeit und ihr Wunsch zu helfen rührten mich, und ich dankte ihr dafür. Zufälligerweise erkrankte ein Freund von mir in Los Angeles, und ich beschloß, ihn zu besuchen. Ich blieb länger in den Vereinigten Staaten, als ich usprünglich vorgehabt hatte, und ließ mich nach einem kurzen Aufenthalt in Paris im Frühjahr 1980 in England nieder.

Wie Una Persson vorausgesagt hatte, war ich natürlich wieder bereit, an die Arbeit zu gehen. Und wie versprochen, erschien sie eines Abends in ihrer gewohnten, leicht altmodischen Kleidung von militärischem Schnitt. Wir nahmen genüßlich einen Drink, unterhielten uns ganz allgemein, und ich vernahm Gerüchte vom Ende der Zeit, einer Epoche, die mich stets fasziniert hatte. Mrs. Persson ist eine ausgebuffte Zeitreisende und weiß gewöhnlich, was sie erzählen darf und was nicht, denn unvorsichtige Worte haben oft gewaltige Auswirkungen sowohl auf die Zeitströmungen selbst als auch auf jene Seltenheit wie sie selbst: nämlich auf die Chrononautin, die die Zeitströmungen mehr oder weniger nach eigenem Willen bereisen kann.

Sie hat mir stets versichert: Solange die Menschen meine Geschichten als Fiktion betrachteten und solange sie wie Belletristik als Lesestoff aufgemacht sind, läuft keiner von uns Gefahr, Opfer des Morphail-Effekts zu werden, mit welchem die Zeit sich manchmal auf radikale Weise zurechtrückt. Der Morphail-Effekt tritt am sichtbarsten in der Tatsache zutage, daß den meisten Zeitreisenden nur eine ›Vorwärts‹-Bewegung durch die Zeit (d. h. in ihre eigene Zukunft) möglich ist. ›Rückwärts‹-Bewegungen (eine Rückkehr in ihre Vergangenheit oder

Gegenwart) oder eine Bewegung zwischen den parallelen Zeitströmen sind nur den wenigen Angehörigen der berühmten Zunft der Zeitabenteurer möglich. Ich wußte, daß Bastable Angehöriger dieser Zunft war, jedoch wußte ich nicht, wie es dazu gekommen war – es sei denn im Tal der Morgendämmerung durch Mrs. Persson selbst.

»Ich habe Ihnen etwas mitgebracht«, sagte sie. Sie ließ sich in ihrem Lehnsessel nieder und griff nach einem schwarzen Aktenkoffer. »Es ist nicht vollständig, doch ich habe mein Bestes getan. Die restlichen Lücken werden Sie mit dem, was ich Ihnen erzähle, und mit Ihrer hervorragenden Phantasie schließen müssen.« Es war ein Manuskriptpacken. Ich erkannte die Handschrift sofort wieder. Sie stammte von Bastable.

»Gütiger Gott!« Ich war verblüfft. »Er wird ja noch zum Romanautor!«

»Nicht direkt. Es sind neue Memoiren, mehr nicht. Er hat die anderen gelesen und ist absolut zufrieden mit dem, was Sie daraus gemacht haben. Er war Ihrem Großvater außergewöhnlich zugetan und sagt, er würde sich sehr freuen, die Tradition mit Ihnen fortzuführen. Besonders, so meint er, da Sie entschieden größeren Erfolg dabei hätten, seine Geschichten zu publizieren!« Sie lachte.

Das Manuskript war von beachtlichem Umfang. Ich wog es in der Hand. »Dann hat er also seine eigene Zeit niemals wiedergefunden? Und konnte nie mehr zu dem Leben zurückfinden, nach dem er sich so inbrünstig sehnte?«

»Darüber kann ich nicht befinden. Sie werden in dem Manuskript feststellen, daß er nur wenige Erklärungen dazu gibt, wie er in die verschiedenen alternativen Zeitströmungen gelangte, die er beschreibt. Es genügt zu wissen, daß er nach Teku Benga zurückkehrte, in ein anderes Kontinuum eintrat und sich zum Luftschiffwerk nach Benares durchschlug. Diesmal hatte er sich mit den Geschehnissen abgefunden, berief sich als geschulter Luftschiffmann auf einen leichten Gedächtnisverlust und darauf, seine Papiere verloren zu haben. Schließlich verschaffte er sich ein Offizierspatent, denn ohne tadellose Zeugnisse hätte er keinen Posten bei einer der bedeutenderen Linien finden können.«

Ich lächelte. »Und er wird vermutlich immer noch von Angst gequält?«

»In gewissem Maße. Er hat viele Leben auf dem Gewissen. Er kennt nur Welten im Kriegszustand. Doch wir von der Zunft wissen, welche Verantwortung wir tragen, und ich glaube, die Mitgliedschaft bei uns hat ihm geholfen.«

»Und ich soll ihn niemals kennenlernen?«

»Es ist unwahrscheinlich. Diese Zeitströmung wird ihn vermutlich zurückweisen und wieder zu dem armseligen Geschöpf machen, das Ihr Großvater beschrieben hat, das nämlich durch die Zeit hin- und hergeschleudert wird, ohne die geringste Gewalt über sein Schicksal zu besitzen.«

»Das verbindet ihn mit den meisten von uns«, bemerkte ich.

Sie wirkte erheitert. »Ich sehe, Sie sind noch nicht völlig über Ihr Selbstmitleid hinweg, Moorcock.«

Ich lächelte und entschuldigte mich. »Das regt mich ganz schön auf.« Ich hielt das Manuskript hoch. »Bastable wünscht offensichtlich, daß es so schnell wie möglich veröffentlicht wird. Warum?«

»Vielleicht aus reiner Eitelkeit. Sie wissen ja, wie die Leute reagieren, wenn sie ihren Namen erst einmal gedruckt sehen.«

»Jämmerlich?«

Wir lachten beide darüber.

»Außerdem vertraut er Ihnen«, fuhr sie fort. »Er weiß, daß Sie an seiner Arbeit nicht herumgepfuscht haben und daß er Ihnen in gewissem Umfang bei Ihren Recherchen von Nutzen gewesen ist.«

»Wie auch Sie, Missis Persson.«

»Das freut mich. Wir haben unseren Spaß an dem, was Sie machen.«

»Sie finden meine Spekulationen lustig?« wollte ich wissen.

»Das auch. Wir überlassen es Ihrer recht originellen Phantasie, die notwendige Verwirrung zu stiften!«

Ich betrachtete das Manuskript. Ich war überrascht, bestimmte Briefwechsel und Übereinstimmungen mit dem ersten Manuskript meines Großvaters vorzufinden. Bastable schien jedoch nicht alle Verbindungen herzustellen, wie dies der Leser vielleicht tut. Ich bemerkte dies gegenüber Mrs. Persson.

»Unser Denken kann nur eine bestimmte Menge erfassen«, antwortete sie. »Wie ich zuvor schon erwähnte, leiden wir manchmal an echtem Gedächtnisverlust oder zumindest an einer Art Erinnerungssperre. Auf diese Art gelingt es uns hin und wieder, in Zeitströmungen einzudringen, die dem gewöhnlichen Zeitreisenden nicht zugänglich sind.«

»Die Zeit läßt Sie vergessen?« fragte ich ironisch.

»Genau.«

»Als jemand, der zum Anarchismus neigt«, sagte ich, »bin ich gespannt auf die Bezüge dieses Manuskripts zum Rußland unter Kerenski. Wäre es möglich, daß ...«

Sie unterbrach mich. »Ich kann Ihnen nichts weiter sagen, bevor Sie nicht das Manuskript gelesen haben.«

»Eine Welt, in der die bolschewistische Revolution nicht stattgefunden hat. Er macht in einer anderen Geschichte eine Anspielung darauf ...« Ich hatte mich oft gefragt, was aus dem russischen Kaiserreich unter solchen Umständen geworden wäre, denn ein weiteres Interessensgebiet von mir gilt der Sowjetunion und ihrer Literatur, die unter Stalin so brutal geknebelt wurde.

»Sie müssen erst lesen, was Bastable geschrieben hat, und mir dann Fragen stellen. Ich will antworten, so gut ich kann. Es liegt bei Ihnen, sagte er, wieviel Gestalt Sie als professioneller Schriftsteller dem Ganzen geben. Doch er vertraut darauf, daß Sie den Grundgedanken der Erinnerungen bewahren.«

»Ich werde mein Bestes tun.«

Und hier liegt nun, so weit so gut, Oswald Bastables dritter Memoirenband vor. Ich habe so wenig wie möglich daran redigiert und überlasse ihn dem Leser weitgehend so, wie ich ihn erhalten habe. Was seine Echtheit betrifft, so mögen Sie das Urteil fällen.

Michael Moorcock
Three Chimneys, Yorkshire, England, Juni 1980

Erster Teil

Die Abenteuer eines englischen Luftschiffahrers im Großen Krieg von 1941

1

Wie ich sterben wollte

Es war, glaube ich, an meinem fünften Tag auf See, als mich die Erleuchtung überkam. So wie ein Mensch an einem bestimmten Punkt seines Daseins einen besonderen Entschluß fassen kann, wie er sein weiteres Leben führen will, so kann er auch entscheiden, wie er dem Tod ins Auge blicken will. Er kann die finstere Wahrheit seines Sterbens einfach annehmen, oder er kann sich in irgendein freundliches Hirngespinst flüchten, in einen Traum von Himmel und Erlösung, um so geradezu freudig seinem Ende entgegenzublicken.

An meinem sechsten Tag auf See wurde es offenkundig, daß ich sterben würde, und zu jenem Zeitpunkt beschloß ich, mich der Illusion statt der Wirklichkeit hinzugeben.

Ich hatte den ganzen Morgen auf dem Boden meines Kanus gelegen. Mein Gesicht war gegen das feuchte, dampfende Holz gepreßt. Die Tropensonne brannte auf meinen ungeschützten Hinterkopf und rief Blasen auf meinem geschundenen Leib hervor. Das langsame Pochen meines Herzens erfüllte meine Ohren und kontrapunktierte das gelegentliche Klatschen einer Welle an die Seitenwand des Bootes.

Ich konnte an nichts anderes denken, als daß mir ein Tod erspart geblieben war, damit ich nun hier draußen allein auf dem Ozean sterben sollte. Und ich war dankbar dafür. Das war viel besser als der Tod, dem ich entronnen war.

Dann vernahm ich den Schrei eines Seevogels und lächelte schwach vor mich hin. Ich wußte, nun setzten die Halluzinationen ein. Es bestand keinerlei Möglichkeit, daß Land in Sicht war, und deshalb konnte ich auch keinen Vogel gehört haben. In den letzten Tagen hatte ich viele solcher akkustischer Einbildungen gehabt.

Ich begann in mein, wie ich es wußte, letztes Koma zu versinken. Aber das Geschrei wurde hartnäckiger. Ich rollte mich herum und blinzelte ins gleißende Sonnenlicht. Ich spürte, wie das Boot unter der Bewegung meines mageren Körpers wild schaukelte. Unter Schmerzen hob ich den Kopf, spähte durch silbernen, blauen Dunst und sah meine letzte Vision. Sie war wunderschön: prosaischer als so manche, aber auch ungleich deutlicher.

Ich hatte das Bild einer Insel heraufbeschworen. Einer Insel, die sich mindestens dreihundert Meter aus dem Wasser erhob, etwa fünfzehn Kilometer lang und sieben Kilometer breit war: ein monströser Klumpen aus vulkanischem Basalt, Kalkstein und Korallen mit belaubten dunkelgrünen Stellen.

Ich lehnte mich in das Kanu zurück, kniff die Augen zusammen und beglückwünschte mich zu der Kraft meiner Vorstellungsfähigkeit. Die Halluzinationen verbesserten sich mit den schwindenden Überlebenshoffnungen. Ich wußte, es war an der Zeit, mich dem Wahnsinn hinzugeben, so zu tun, als wäre die Insel Wirklichkeit, um so lieber einen ergreifenden als einen würdigen Tod zu sterben.

Ich kicherte. Es klang wie ein trockenes, totes Rasseln.

Wieder kreischte der Seevogel.

Warum sollte ich langsam und kläglich umkommen (was vielleicht noch lange, durstige Stunden dauern konnte), wenn ich nun in einem tröstlichen Traum sterben konnte, im letzten Augenlick gerettet worden zu sein?

Mit der mir verbliebenen Kraft kroch ich zum Heck und ergriff die Anreißschnur des Außenbordmotors. Schwach zog ich daran. Nichts geschah. Halsstarrig versuchte ich es wieder. Und noch einmal. Und während der ganzen Zeit hielt ich meinen Blick auf die Insel gerichtet und wartete, daß sie zu wabern begann und vor meinen Augen verschwand, ehe ich sie mir zunutze machen konnte.

Ich hatte in den vergangenen Tagen so viele Visionen erlebt. Ich hatte gesehen, wie knapp außerhalb meiner Reichweite milchweiße Engel mit Kristallbechern voll reinen Wassers dahinschwebten. Ich hatte blutrote Teufel erlebt, die mit spitzen Dreizacken meine Haut durchstießen. Ich hatte feindliche Luftschiffe gesehen, die in den Augenblicken, da sie ihre Bombenlast über mir fallen lassen wollten, wie Blasen zerplatzten. Ich hatte Schoner mit orangefarbenen Segeln gesehen, vom Passatwind gebläht, hoch wie das Empire State Building. Ich hatte Scharen kleiner schwarzer Wale erblickt. Ich hatte rosige Korallenatolle entdeckt, auf denen sich wunderschöne junge Frauen räkelten, deren Gesichter sich, sobald ich näher kam, in die Gesichter japanischer Soldaten verwandelten, die dann ins Wasser tauchten; ich war überzeugt, sie würden versuchen, mein Boot zum Kentern zu bringen. Doch dieses Bild hier wahrte seine Deutlichkeit, wie verbissen ich es auch anstarrte, und es war um so vieles detaillierter als die vorangegangenen.

Der Motor sprang nach dem zehnten Startversuch endlich an. Ich hatte kaum noch Benzin. Die Schraube krächzte, kreischte und begann sich schließlich zu drehen. Das Wasser schäumte. Das Boot bewegte sich widerwillig über eine glatte See polierten Stahls unter einer angeschwollenen, vibrierenden Feuerscheibe, welche die Sonne, meine Feindin, war.

Ich richtete mich auf, kauerte wie eine ausgetrocknete

alte Kröte auf dem Boden des Bootes, stöhnte, als ich nach dem Steuerreep griff, denn die Berührung jagte mir tausend Flammen durch die Hand und in den Körper.

Noch immer begann die Halluzination nicht zu verschwimmen; sie schien vielmehr noch größer zu werden, während ich mich ihr näherte. Ich vergaß meinen Schmerz völlig, als ich mir gestattete, mich von dem wundervollen Trugbild täuschen zu lassen.

Ich steuerte von unten gegen die brütend heißen Felsen, die kahl ins Meer fielen. Ich gelangte zu den flacheren Hängen der Insel und sah Palmen, die sich wie im Gebet neigten und über den scharfkantigen, flutumspülten Felsen schaukelten. Da huschte sogar ein brauner Krebs über einen Stein; ich sah Gräser und Flechten der verschiedensten Arten; Seevögel tauchten im seichten Gewässer und schossen wieder in die Höhe mit schimmernden Fischen in den langen Schnäbeln. Vielleicht war die Insel letztendlich doch Wirklichkeit?

Doch dann hatte ich ein Korallenriff umrundet und entdeckte schließlich den letzten Beweis meines völligen Wahnsinns. Denn da erhob sich eine hohe Betonmauer: eine Hafenmauer, die in Höhe des Wasserspiegels verkrustet war mit Entenmuscheln, Korallen und winzigen Pflanzen. Sie folgte in ihrem Bau der natürlichen Wölbung der kleinen Bucht. Und über der Mauerkrone sah ich Dächer und die oberen Stockwerke von Häusern, die zu jedem Städtchen an der englischen Küste hätten gehören können. Und als letzter Höhepunkt erhob sich ein Fahnenmast, an dem ein zerrissener und wettergebleichter Union Jack flatterte! Meine Fata Morgana war vollständig. Ich hatte einen englischen Fischerhafen mitten in den Indischen Ozean gebaut.

Wieder mußte ich lächeln. Die Bewegung ließ die blasige Haut meiner Lippen weiter springen. Ich ignorierte das unangenehme Gefühl. Nun brauchte ich nur noch in den Hafen einzufahren, hinauszutreten auf das, was ich für trockenes Land hielt, und zu ertrinken. Es war eine angenehme Art zu sterben. Ich stieß ein weiteres heiseres, irres Kichern voller Selbstbewunderung hervor und gab mich meiner Gedankenwelt hin.

Ich lenkte mein Boot an der Mauer entlang und fand die Hafeneinfahrt. Sie war teilweise durch das Wrack eines Dampfers blockiert. Rostrote Schornsteine und Masten ragten aus dem Wasser. Das Wasser selbst war ungetrübt, und so sah ich beim Vorüberfahren, wie der Rest des gesunkenen Schiffes sich an eine rötliche Korallenbank lehnte und bunte Fische durch Luken und Bullaugen hinein- und herausschwammen. Der Name an der Schiffswand war noch zu lesen: *Jeddah, Manila.*

Nun sah ich die kleine Stadt ganz deutlich.

Die Gebäude waren in recht bescheidenem viktorianischen, edwardianischen odere neoklassischen Stil erbaut und machten einen etwas heruntergekommenen Eindruck. Sie wirkten verlassen, und einige waren offenkundig vernagelt. Konnte ich denn nicht, ehe ich starb, ein paar Einwohner erschaffen? Sogar ein oder zwei Laskare wären besser als nichts, denn ich begriff nun, daß ich einen typischen Außenposten des Königreiches geschaffen hatte. Dies waren Kolonialbauten, keine englischen, und dazwischen standen die rechteckigen, weitgehend schmucklosen Eingeborenenhäuser.

Am Kai reihten sich mehrere Schuppen und Büros aneinander. Das größte davon trug die verblaßte Aufschrift *Welland Rock Phosphate Company.* Eine hübsche Idee von mir. Hinter der Stadt erhob sich so etwas wie eine kleine zerschrammte Version des Eiffelturms. Ein verwitterter Luftschiff-Anlegemast! Noch besser!

Von der Mitte des Kais erhob sich eine Steinmole. Sie war für motorbetriebene Frachter gebaut worden, doch nun lagen dort nur ein paar eher schäbig wirkende Fischerboote von Eingeborenen. Sie sahen kaum seetüchtig aus. Ich schlug die Richtung zur Mole ein und krächzte laut die Worte des Lieds, das ich in den vergangenen zwei Tagen nicht mehr gesungen hatte.

»Rule Britannia, Britannia rules the waves. Britons never, never shall be marr-I-ed to a mer-MI-ad at the bottom of the deep, blue sea!«

Wie von meinem Gesang angelockt, tauchten am Kai nun Malaien und Chinesen auf. Einige liefen die Landungsbrücke herab, gestikulierten heftig mit den Armen, und ihre braunen und gelben Körper glänzten im Sonnenschein. Sie trugen verschiedenfarbige Lendenschurze und Sarongs, und ihre Gesichter wurden überschattet von ausladenden Kulihüten aus geflochtenen Palmblättern. Ich hörte sie sogar aufgeregt plappern, als sie näher kamen.

Ich lachte, als das Boot gegen den algenüberwucherten Landungssteg stieß. Ich versuchte aufzustehen, und ein Wort an diese wundervollen Geschöpfe meiner Phantasie zu richten. Wahrscheinlich fühlte ich mich wie ein Gott. Und zu ihnen zu sprechen, war vermutlich das letzte, wozu ich in der Lage wäre.

Ich öffnete den Mund und breitete die Arme aus.

»Meine Freunde ...«

Und mein ausgehungerter Körper brach unter mir zusammen. Ich stürzte rückwärts in das Boot und stieß mir die Schulter an dem leeren Benzinkanister, der mein Trinkwasser enthalten hatte.

Es folgten ein paar Rufe in Pidgin-Englisch, und eine braune Gestalt mit fleckigen weißen Shorts sprang in das

Kanu, das nun heftig schaukelte und mir die letzten Funken Verstand aus dem Kopf trieb.

Weiße Zähne grinsten. »Sie nun okay, Sar!«

»Das kann doch nicht sein«, sagte ich.

»Alles okay, Sar.«

Nun überflutete mich rotes Dunkel.

Ich hatte abgelegt, um in einem offenen Boot über tausend Meilen nach Australien zu schippern. Ich hatte kaum zweihundert geschafft, und die meisten davon in die falsche Richtung.

Wir schrieben den 3. Mai 1941. Ich war etwa hundertfünfzig Stunden auf See gewesen. Die Zerstörung Singapurs durch die Dritte Flotte der Kaiserlichen Japanischen Marine lag drei Monate zurück.

2

Die Zerstörung von Singapur

Es war eine Art Utopia gewesen, das die Japaner zerstört hatten.

Entworfen als Modell für andere große Siedlungen, die in Zukunft im Osten entstehen sollten, hatte man Singapur mit seinen graziösen weißen Wolkenkratzern, seinem blinkenden Einschienenbahnsystem und seinem Komplex glatt funktionierender Aeroparks für die Bürger unseres Imperiums als Beipiel für die Wohltaten erbaut, die die britische Herrschaft ihnen letztendlich bringen konnte.

Und Singapur brannte. Ich bin vermutlich der letzte Europäer, der Augenzeuge seiner Vernichtung wurde.

Nachdem ich zwei Monate lang auf dem portugiesischen Luftfrachter *Palmerin* gedient hatte, hatte ich mehrere Einzelheuern angenommen, wobei ich gewöhnlich für Erkrankte oder Urlauber einsprang, bis ich schließlich in Rangoon ohne die geringste Aussicht auf Arbeit festsaß. Dort ging mir das Geld aus, und ich war bereit, jede Art von Arbeit anzunehmen, einschließlich einer Anwerbung als Söldner in einer Armee, als mir eine meiner Barbekanntschaften von einem Offiziersposten berichtete, der am Abend zuvor freigeworden war.

»Chap ist bei einer Schlägerei in Sharis Haus ums Leben gekommen«, sagte er und wies mit einer Kopfbewegung die Straße hinab. »Der Kapitän hat den Streit angefangen. Er zahlt schlecht, aber so kämen Sie wenigstens erst mal von Rangoon fort, wie?«

»Das ist wahr.«

»Er sitzt gleich dort drüben. Soll ich ihn Ihnen vorstellen?«

Ich erklärte mich einverstanden. Und so kam ich schließlich nach Singapur, wenn auch nicht mit dem Schiff, auf dem ich mich hatte anwerben lassen.

Ein schmieriger griechischer Handelskapitän auf der *Andreas Papadakis,* aus irgendeinem widerlichen zypriotischen Hafen, handelte mit jeder einträglichen Fracht, die wählerischere Kapitäne abgelehnt hätten, und war ursprünglich auf dem Weg nach Bangkok gewesen, als während eines Gewitters, durch welches auch unser Funksystem lahmgelegt wurde, die Maschinen aussetzten. Wir waren zwei Tage lang dahingetrieben, hatten versucht, die Reparaturen in der Luft vorzunehmen, und dabei zwei unserer Leute verloren, als der alte Windbeutel in der Mitte schließlich böse einzusacken begann und dem Boden zuschwebte.

Die *Papadakis* war für keinerlei Unwetter gemacht, und nicht einmal bei der kleinsten Gefahr hätte man sich auf sie verlassen können. Die Kabel der Gondel und der Steuerung bedurften dringender Reparaturen, und wir hätten den Augenblick abgepaßt, um über Wasser niederzugehen, wollten wir die geringste Chance wahrnehmen, ohne ernsten Schaden zu landen. Doch inzwischen war der Kapitän volltrunken mit Retsina und lehnte es ab, auf meinen Rat zu hören, während die restliche Mannschaft, ein bunt zusammengewürfelter Haufen von Schurken aus allen Häfen der Adria, in helle Panik gerieten. Ich gab mir alle Mühe, den Kapitän zu überreden, das restliche Gas abzulassen, doch er sagte mir, er wisse es besser. In der Folge sackten wir ständig tiefer, während wir uns der malaysischen Halbinsel näherten, und die *Andreas Papadakis* stöhnte und ächzte die ganze Zeit über, als wollte sie an den Nahtstellen auseinanderbrechen.

Sie bebte und zitterte am ganzen Körper, während der Kapitän ausdruckslos durch die vorderen Seitenfenster starrte und, wie es mir vorkam, auf griechisch mit den Schicksalsmächten zu hadern begann, die er für das ganze Unglück verantwortlich machte. Es war, als bildete er sich ein, so den Ausweg aus dem Unausweichlichen erschwatzen oder erschmeicheln zu können. Ich hielt das Steuerrad umklammert, betete inbrünstig darum, daß endlich ein See oder wenigstens ein Fluß in Sicht käme, doch wir schwebten über dichtem Dschungel. Ich erinnere mich an eine Masse wogender grüner Äste, ein scheußliches Geräusch von kreischendem Metall und Holz beim Aufprall und an einen Rippenstoß, der mich nach hinten in die Arme des Kapitäns schleuderte, der irgendeinen zypriotischen Fluch hervorstieß.

Er rettete mir zufällig das Leben, indem er meinen eigenen Fall auffing und sich das Rückgrat brach. Ich kam ein- oder zweimal kurz zu mir, als man mich aus dem Wrack zerrte, erwachte jedoch erst im St. Mary's Hospital in Changi in Singapur gänzlich aus meiner Ohnmacht. Ich hatte ein paar Knochen gebrochen, die schon wieder heilten, und ein paar kleinere innere Verletzungen, die ebenfalls versorgt worden waren, und würde bald bei Kräften sein, was ich dem Luftschiffahrts-Hilfsfond verdankte, der meine medizinische Versorgung und die Zeit meiner Genesung bezahlte.

Ich hatte Glück gehabt. Außer mir gab es nur noch zwei Überlebende. Fünf weitere waren in einem der Eingeborenenkrankenhäusern verstorben, wohin man sie gebracht hatte.

Während ich mich erholte und irgendwie froh war, mir keine Gedanken um Arbeit machen zu müssen und in

Singapur zu sein, wo es keine Schwierigkeit sein dürfte, einen anständigen Posten zu finden, begann ich von den wachsenden Spannungen zwischen einigen der Großmächte zu lesen. Japan hatte Gebietsstreitigkeiten mit Rußland. Die Russen zeigten, auch wenn sie inzwischen eine Republik waren, die gleichen imperialistischen Bestrebungen wie die Japaner. Trotzdem wußten wir nichts vom Krieg bis zu jenem Abend des 22. Februar 1941: der Nacht des Angriffs der Dritten Japanischen Flotte, der Nacht, da ein britischer Traum von Utopia vielleicht für immer zerstört wurde.

Wir versuchten aus den Ruinen der Kolonie zu fliehen. Ein Ambulanzschiff war an einem Behelfsmast vertäut und füllte weitgehend den total verkohlten und verwüsteten Raum des Krankenhauses aus: ein riesiges Luftschiff, dessen Silhouette sich vor einem rubinroten Himmel abzeichnete, der erhellt wurde von Tausenden von Feuern. Das Ganze wirkte gespenstisch. Heute kommt es mir vor wie die Flucht aus Sodom und Gomorrah, jedoch in Noahs Arche! Winzige Gestalten von Patienten und Personal huschten, von Panik erfaßt, umher und hinein in den geschwollenen Leib des Schiffes, während über uns die mächtigen, unbarmherzigen Kriegsschiffe der Japaner dahinflogen. Sie waren urplötzlich aufgetaucht, hirnlose Bestien der oberen Gefilde, um ihre brennende Saat über Singapur auszustreuen.

Unser Widerstand war zwecklos gewesen. In großer Entfernung wanderten die Strahlen einiger Suchscheinwerfer über dem Himmel und enthüllten manchmal eine dicke Rauchwolke, in der Teile eines der riesigen Luftkreuzer zu erkennen waren. Dann dröhnten die drei verbliebenen Luftabwehrkanonen und jagten Geschosse hinauf, die entweder nicht trafen oder schadlos an den

Wänden der angegriffenen Schiffe explodierten. Ein paar unserer Einmannjäger summten mit über sechshundert Stundenkilometern durch die Dunkelheit und beschossen ergebnislos die Schiffsrümpfe, die härter waren als Stahl. Sie wurden von Zielgeschossen heruntergeholt, die aus den gepanzerten Gefechtsgondeln heulten. Ich sah einen Hovergyro wie einen erschreckten Kolibri aus den Flammen trudeln. Dann wurde auch er von den Magnesiumkugeln getroffen und stürzte kreiselnd in das brennende Chaos hinab.

Unser Schiff war nicht das neueste Modell. Das waren Lazarettschiffe nur selten. Die zigarrenförmige Hülle, die die Gaskammern umschloß, bestand aus kräftigem Borfiberglas, doch die doppelreihige Gondel darunter war weniger widerstandsfähig. Sie beherbergte Mannschafts- und Passagierunterkünfte, Motoren, Treibstoff und Ballasttanks, und in sie wurden nun so viele menschliche Wesen hineingepackt, wie sie fassen konnte. Ich ging natürlich, da ich schon fast völlig genesen war, den Ärzten und dem Pflegepersonal zur Hand.

Ohne große Hoffnung, daß das Schiff ablegen könnte, half ich Tragbahren die befahrene Gangway hinaufschleppen, die aus dem Schiffsrumpf herabgesenkt worden war. Das war unter normalen Umständen schon schwierig genug, denn das Schiff war nur notdürftig vertäut und schwankte und zerrte an dem Dutzend Stahlkabeln, das es am Boden hielt.

Der letzte erschreckte Patient war eingeladen, die letzten Krankenschwestern eilten mit Bündeln und Decken, Medikamenten und Verbandszeug an Bord, während die Luftschiffleute die Gangways aushakten, damit sie hinaufgezogen werden konnten. Die Stufen begannen zu hüpfen wie Sitze eines Karussells, als es mir mit den Mechanikern gelang, ins Schiff zu klettern, wobei ich mehrmals ausrutschte und so durchgerüttelt wurde, als bräche mein Körper in Stücke.

Plötzlich trafen mehrere Brandbomben das Krankenhaus gleichzeitig. Die Dunkelheit brach in brüllende Flammen. Weitere Bomben erschütterten den Boden, doch unglaublicherweise traf keine unser Schiff direkt. Einen Augenblick lang wurde ich von einem grellen Silberschein geblendet, und eine starke Hitzewelle traf Gesicht und Hände.

Noch ehe die Gangway ganz eingezogen war, hörte ich von irgendwo weiter oben den Kapitän brüllen: »Leinen los!« Ich suchte Halt, fand einen Handlauf, ließ den Kasten fallen, den ich getragen hatte, und versuchte verzweifelt, mir meinen Weg die letzten Stufen hinaufzukämpfen, bevor ich durch die automatisch schließende Treppe zerquetscht würde. Bald kehrte meine Sehkraft zurück, und ich sah, wie die Kabel sich lösten, als seien sie erzürnt darüber, ihre Umklammerung um das Schiff aufgeben zu müssen. Dann stand ich auf der Einschiffplattform selbst, und die unmittelbare Gefahr war vorüber.

3

Der Absturz

Wenig später erblickte ich eine Ansammlung dicht zusammengedrängter Bauten, die den Hafen von Surabaja darstellten. Die geschäftige Stadt mit ihrer halb europäischen, halb malaiischen Architektur war einer der wenigen großen Häfen, die den Niedergang der Seeschiffahrt zugunsten der Luftfrachter überlebt hatten. Im Hafen scharten sich noch Dampfer, und die ganze Stadt wirkte unnatürlich friedlich im Licht des frühen Morgens: Ich empfand einen dumpfen Stich von Neid, einen heftigen Wunsch, Surabaja möge eines Tages auch erleben, was Singapur widerfahren war. Welches Recht zu überleben besaß dieser schmutzige, häßliche Hafen, wenn das mächtige Monument eines humanen, von Idealen geleiteten Imperiums in den Flammen versunken war?

Ich verdrängte diese entsetzlichen Gedanken aus meinem Kopf. In wenigen Minuten würden wir auf dem Meer aufschlagen. Ohne Energie irgendwelcher Art würde das Schiff große Schwierigkeiten haben, in direkter Nähe zum Hafen zu wassern.

Plötzlich bebte das ganze Schiff, und ich rief das Personal zu Hilfe, als einige Patienten stöhnend Fragen hervorstießen und angstvoll wimmerten. Das Schiff drehte, begann in einem kaum kontrollierten Manöver dahinzudriften, und ich verlor die Stadt völlig aus den Augen. Ich sah nur, wie eine Barkasse über die Wellen schoß und beidrehte, um uns zu folgen, wobei sie auf See eine weiße Narbe hinterließ. Von oben ertönte ein eigentümliches

Krächzen und Stöhnen, als wären die Gaskammern und die sie umschließende Hülle einer besonderen Belastung ausgesetzt.

Wir begannen an Höhe zu verlieren.

Nun erscholl ein Wehklagen von den Patienten, und wir taten unser Bestes, sie zu beruhigen, daß alles in Ordnung sei und sie bald sicher in Surabaja in Krankenhausbetten lägen.

Ich sah, wie die See uns entgegenschoß und sich dann wieder entfernte. Wir bewegten uns in einer Reihe von Sprüngen voran, als führen wir auf einer riesenhaften Achterbahn. Irgendwo zerbrach eine ganze Sammlung irdenen Geschirrs auf Deck, und ich konnte nicht mehr tun, als mich am Geländer aufrecht zu halten.

Und dann erblickte ich zu meinem Entsetzen die Dächer der Stadt unter mir. Unsere Gondel streifte fast die höchsten Gebäude, als wir darüber hinwegschossen. Wir waren vom Meer völlig abgekommen und rasten nun aufs Landesinnere zu! Der Kapitän hatte mit seiner Entscheidung gewartet, bis es zu spät war.

Ich hörte das Bordfunkgerät summen, dann ertönte die angespannte Stimme des Ersten Offiziers. Gerade wollten wir hinabschweben, als plötzlich ein starker Wind aufkam und alle Berechnungen zunichte machte. Der Kapitän beabsichtigte, das Schiff quer über die Insel zu führen und in der Nähe von Djogjakarta auf dem Meer niederzugehen. Dies war die nächste Stadt, die wir angesichts der herrschenden Windrichtung erreichen konnten. Es war jedoch bereits eine Menge Gas abgelassen worden, und wir würden vielleicht nicht mehr genügend an Höhe gewinnen können. In diesem Fall mußten wir uns auf eine Notlandung gefaßt machen.

Ich wußte sehr wohl, was das bedeuten würde. Das Schiff war beträchtlich überladen. Wenn es vom Himmel zur Erde stürzte, war die Wahrscheinlichkeit groß, daß wir alle umkämen.

Ein Patient, der nach einem Beruhigungsmittel von der Stimme des Ersten Offiziers aus dem Schlaf gerissen worden war, schrie entsetzt auf. Eine Schwester eilte hinzu, ihn zu besänftigen.

Das Schiff bebte und hob so steil die Nase, daß das Deck sich im steilen Winkel neigte. Dann sank die Nase wieder herab, und ein paar ungesicherte Gegenstände begannen auf die Planken zu rutschen. Ich stemmte einen Fuß gegen die Reling. Durch die Bullaugen sah ich, wie ein Flugboot uns folgte, als versuchte es, den Grund für unseren Kurswechsel herauszubekommen. Dann gab es offensichtlich die Hoffnung für uns auf und drehte wieder ab, aufs offene Meer zu.

Surabaja lag hinter uns. Unter uns erstreckte sich nun eine weite Fläche säuberlicher Reisfelder, Reihen von Tamarindebäumen und Zuckerrohrfelder. Wir flogen so niedrig, daß ich die Köpfe der Bauern erkennen konnte, die aufblickten, als unser Schatten über ihre Felder hinwegstrich. Dann wurde ich gegen die Reling geschleudert, als ein neuer Windstoß das Schiff packte und wieder herumwirbelte, daß nun die Kapokplantagen an den Hängen von Javas düsteren Vulkanbergen zu sehen waren.

Ich dachte, wir würden an den Bergen zerschellen, denn sie ragten steil empor und waren nun als eine graue Bergkette erkennbar. An einigen Stellen stieg gelblichweißer Rauch empor. Instinktiv klammerte ich mich fest; doch es gelang uns, die erste Bergkette zu überfliegen. Vor uns waren dichtere graue Rauchwolken zu erkennen, die sich emporwanden wie ein Gewirr träger Schlangen.

Das Schiff riß wieder die Nase hoch, und wir stiegen ein paar Meter. Die beschädigten Leitwerke erzeugten einen irren Zickzackflug über die Landschaft, und ich konnte sehen, wie unser verlängerter Schatten wahnwitzig über die Erde zuckte. Dann wurde unser Flug ruhiger, doch mir schien es unausweichlich, daß wir bald an einem der halbaktiven Vulkane, die das Innere Javas beherrschten, zerschellen würden.

Der nächste Ruck traf mich unvorbereitet, und ich verlor meinen Halt an der Reling, als wir hinaufschossen. Ich rappelte mich auf und sah, daß das Schiff seinen Wasserballast abgelassen hatte. Er fegte wie ein plötzliches Unwetter über die staubigen Hänge. Vielleicht würden wir es doch bis zur See auf der anderen Seite schaffen.

Doch ein paar Augenblicke später erscholl die Stimme des Kapitäns aus den Lautsprechern. Sie klang unter diesen Umständen ziemlich ruhig. Er erklärte uns, daß wir das Schiff erleichtern müßten. Wir sollten so schnell wie möglich alle lebensunwichtigen Dinge heraussuchen, die Mannschaft würde sie in wenigen Minuten einsammeln.

Wie von Sinnen stolperten wir durch die Station und suchten alles zusammen, was abgeworfen werden konnte. Schließlich reichten wir den Leuten von der Besatzung einen großen Haufen Bücher, Lebensmittel, medizinische Geräte, Kleider, Decken, Sauerstoffflaschen und anderes. Alles ging über Bord.

Aber das Schiff stieg kaum ausreichend, um die nächste Bergkette zu überwinden.

Ich fragte mich, ob der Kapitän als nächstes Freiwillige zum Absprung aufrufen würde. Zu diesem Zeitpunkt flogen wir über ein kahles Ödland kalter Lavaströme, wo nicht einmal eine Palme unseren Aufprall bremsen würde, sollten wir abstürzen. Die Spannung auf den Stationen war wieder gewachsen, und Patienten, die nicht mehr schliefen, unterhielten sich mit hohen, panikerfüllten Stimmen.

Einige Fragen waren schwer zu beantworten. Unter den ›lebensunwichtigen‹ Dingen, die wir herausgesucht hatten, hatten sich auch die Leichname der inzwischen Verstorbenen befunden.

Doch selbst dieser Akt verzweifelter Gefühllosigkeit hatte uns wenig Erleichterung verschafft.

Wieder krächzte der Bordlautsprecher. Der Erste Offizier begann zu sprechen.

»Bitte machen Sie sich bereit für ... O Gott!«

Im nächsten Augenblick sah ich eine Bergwand auf uns zufliegen, und noch ehe wir es voll begriffen, waren wir von Wolken grauweißen Rauchs eingehüllt, und unser Kiel gab eine fürchterliches, kreischendes Geräusch von sich, als er über die Klippen schleifte.

Die Schreie der Patienten mischten sich in das Kreischen des Schiffes selbst. Ich vernahm ein gewaltiges Krachen, wurde dann von der Reling gerissen und fühlte, wie ich auf die Kojen zurutschte.

Das Schiff hüpfte und bebte, schien einen Augenblick lang an Höhe zu gewinnen und sackte dann mit entsetzlichem Getöse hinab, so daß die Kojen aus ihren Verankerungen sprangen. Ich nahm fuchtelnde Arme und Beine und fassungslose Gesichter wahr. Ich hörte Instrumententabletts scheppern und sah Leiber, die wie Stoffpuppen umhergeschleudert wurden. Ein großes Wehklagen erfüllte meine Ohren, dann trudelte das Schiff, bäumte sich noch einmal auf und sackte endgültig hinab. Inmitten eines wild um sich schlagenden Haufens von Leibern wurde ich auf die Steuerbordseite geschleudert. Ich sah, wie mein Kopf auf einen der Fiberglasträger bei den Aussichtsdecks zuflog. Ich versuchte, die Hände auszustrecken, um den Aufprall zu bremsen, doch sie waren von den Körpern und Gegenständen über mir festgeklemmt. Dann kam der letzte Aufschlag, und ich erinnere mich, wie mich fast heitere Erleichterung erfaßte, daß ich umgekommen war und die Qual endlich ein Ende hatte.

4

Gefangen

Ich muß wohl einmal kurz aufgewacht sein und irgendwo aus der Ferne krächzendes Stimmengewirr gehört haben, und ich begriff, daß der Wasserstoff ausströmte und so den Sprechenden hohe Stimmen verlieh. Ich kam zu dem Schluß, daß ich lebte und sicher geborgen würde, und wurde daraufhin wieder bewußtlos.

Als ich das nächste Mal zu mir kam, versuchte ich mich zu rühren, das gelang mir aber nicht. Ich dachte, ich hätte mir vielleicht das Rückgrat gebrochen, denn ich konnte wenig fühlen außer, daß etwas Schweres mich niederdrückte. Dieser Druck machte es mir schwer, so tief einzuatmen, daß ich um Hilfe rufen konnte, die meiner Auffassung nach nicht weit war, denn ich hörte Leute ganz in der Nähe vorübergehen.

Die Stimmen krächzten nicht mehr, aber sie waren auch nicht mehr vertraut. Ich lauschte aufmerksam. Die Stimmen riefen in irgendeinem malaiischen Dialekt, den ich nur schwer verstehen konnte. Ich dachte zuerst, daß die einheimischen Bauern oder die Schwefelsammler, die an den Vulkanen arbeiteten, gekommen wären, uns zu bergen. Ich konnte den scharfen Rauch riechen, und der machte mir das Atmen noch schwerer. Mein nächster Versuch zu schreien scheiterte. Dann vernahm ich weitere Rufe.

Und auf die Rufe folgten scharfe Erwiderungen, die ich erkannte. Gewehrschüsse.

Mit einem Gefühl entsetzlicher Ohnmacht versuchte

ich, den Kopf zu drehen, um zu erkennen, was vor sich ging.

Das Rufen war verstummt. Es herrschte Stille. Dann ein dünner, hysterischer Schrei. Noch ein Schuß. Stille. Eine malaiische Stimme, die knappe, heftige Befehle erteilte.

Unter Mühe gelang es mir schließlich, den Kopf zu drehen und durch die verzerrten Streben und Wrackteile zu spähen. Ich erblickte auf Fiberglasscherben gepfählte Leichname und dahinter eine Rauchwolke, durch welche sich verschwommene Gestalten bewegten. Als der Rauch sich verzog, sah ich grüne, rote und gelbe Seide blitzen. Diese Malaien waren keine Schwefelsammler, soviel stand fest.

Dann sah ich sie deutlich. Sie waren im üblichen Stil malaiischer Banditen und Piraten von Koto Raja bis Timor gekleidet. Sie trugen farbenprächtige Sarongs und bestickte Jacken. Ihre Köpfe waren mit Turbanen und Kulihüten bedeckt. An ihren braunen Füßen trugen sie Sandalen aus bemaltem Leder und über der Brust Patronengurte. An ihren Gürteln hingen Pistolen, Messer und Parangs, und in den Händen hielten sie Gewehre. Ich sah einen auf mich zukommen, dem der nackte Haß im Gesicht stand. Ich ließ den Kopf sinken, schloß die Augen und hörte, wie er in den Wrackteilen über mir herumstocherte. Ich vernahm einen Schuß ganz in der Nähe meines Gesichts und glaubte, er hätte auf mich gefeuert, doch die Kugel landete in einem Leichnam, der auf mir lag. Er entfernte sich wieder.

Ich schaute erneut hoch.

Die Banditen trieben die Überlebenden den Berg hinunter. Durch den Rauch sah ich Krankenschwestern in besudelter, zerrissener Tracht, Ärzte in Kitteln oder hemdsärmelig und Luftschiffpersonal in Hellblau vor ihren Entführern herstolpern. Doch Patienten befanden sich nicht darunter. Benommen und verzweifelt blickte ich ihnen nach, bis der Rauch sie verschlungen hatte.

Als mir dann langsam dämmerte, was aus meinen Begleitern geworden war, begannen Schmerzen meinen Körper zu durchfluten. Ich mühte mich, mich umzudrehen und festzustellen, worunter ich eingeklemmt war.

Eine der relativ leichten Kojen war auf mich gestürzt, und darin lag der Leichnam eines Kindes. Sein totes Gesicht mit den weit aufgerissenen Augen starrte mich an. Mir schauderte, und ich versuchte, die Pritsche anzuheben. Sie bewegte sich ein wenig. Der Kopf des Kindes rollte zur Seite. Ich drehte mich um, streckte blutige Hände aus und faßte den abgebrochenen Pfeiler vor mir, um mich langsam unter der Pritsche hervorzuziehen, bis ich frei war und das Atmen leichter wurde. Doch meine Beine waren immer noch taub, und ich konnte nicht stehen. Ich beugte mich nach vorn und stützte mich auf eine weitere Strebe, um mich ein paar Zentimeter weiter über das Durcheinander zu schleppen. Dann schwanden mir, so glaube ich, für ein paar Minuten die Sinne.

Es kostete mich viel Zeit, mich über die Pfeiler, die zerbrochenen Platten der Hülle und die Leichname zu arbeiten, bis ich außerhalb des Chaos auf hartem Stein lag.

Doch trotz aller Quetschungen und blutenden Risse hatte ich keine Knochenbrüche. Die Leichen der Verstorbenen hatten mich vor dem Schlimmsten des Aufpralls bewahrt. Allmählich kehrte das Gefühl in meine Beine zurück, und ich konnte wieder stehen, wenn auch unter schmerzhaftem Zähneknirschen. Ich sah mich um.

Ich stand neben dem Hauptwrack des Schiffes an einem von gelbem Schwefelstaub gemaserten Berg. Überall lagen Leichen – zusammengekrümmte, zerschmetterte Männer, Frauen und Kinder, Patienten in Morgenmänteln und Schlafanzügen, verwundete Soldaten in besudelten Uniformen, Offiziere und Besatzungsmitglieder, Schwestern, Pfleger und Ärzte. Fast zweitausend Leiber, und keiner von ihnen rührte sich, als der Wind den trägen Rauch über sie hinwegtrug, den gelben Staub aufwirbelte. Kunststoffetzen flatterten zwischen den verkanteten Überresten des riesigen Luftschiffes. Ohne alle Hoffnung schlenderte ich zwischen den Bergen von Toten umher. Zweitausend menschliche Wesen, die geglaubt hatten, dem Tod in den Feuern von Singapur zu entkommen, um ihn dann hier auf den öden, windgepeitschten Felsen eines unbekannten javanesischen Berges zu finden. Ich seufzte, setzte mich hin und hob ein zerknautschtes Päckchen Zigaretten auf, das ich entdeckt hatte. Ich riß die Packung auf, zog eine der plattgedrückten Zigaretten heraus, zündete sie an und versuchte nachzudenken. Doch es war zwecklos, mein Gehirn versagte seinen Dienst.

Ich schaute mich um. Ausgezackte Löcher klafften in der Hülle des Luftschiffs. Die meisten der Gaskammern waren aufgerissen, und das Helium hatte sich verflüchtigt. Die Wrackteile bedeckten einen großen Teil des Berghangs. Wohin ich auch blickte, überall lagen sie verstreut. Und über allem zogen die dicken Rauchfahnen des Vulkans dahin. Der Rauch strich über die gebrochenen Knochen des Schiffes, die zerschmetterten Kabinen, die zerstörten Motorgondeln wie Geister des Todes, die die anderen in ihren Reihen begrüßten.

Ich stand auf und trat die Zigarette mit fleckigem, zerkratztem Stiefel aus. Ich hustete angesichts des Rauchs und schauderte bei dem Anblick und der Kälte. Der Hang lag vermutlich tausend Meter über dem Meeresspiegel. Es war nicht verwunderlich, daß das überladene Schiff zerschellt war. Benommen setzte ich meine Suche nach

Überlebenden fort, doch nach zwei Stunden hatte ich nichts gefunden als Tote. Was um so entsetzlicher war, als tatsächlich viele den Absturz überlebt hatten. Bei meiner Suche fand ich kleine Jungen und Mädchen, denen man in den Kopf geschossen oder die Kehle durchgeschnitten hatte, junge und alte mit Parangs niedergemetzelte Frauen, enthauptete Männer. Die Banditen waren alle Überlebende systematisch durchgegangen und hatten jene umgebracht, die aus dem einen oder anderen Grund nicht hatten mitgehen wollen oder können. Angesichts des zunehmenden Grauens packte mich plötzlich Schwindel, und ich stand da, eine Hand an den Fels gestützt, während ich mich immer und immer wieder erbrach, bis nichts mehr aus mir herauskam als trockenes, würgendes Husten. Dann ging ich zum Hauptwrack zurück und suchte eine Decke und einen Plastikbehälter mit Wasser. Ich streifte meine nutzlose Schwimmweste ab, hüllte mich in die Decke und stolperte den Hang hinauf, bis keine Leichen mehr zu sehen waren. Dann legte ich mich schlafen.

Ich erwachte noch vor der Morgendämmerung und fror. Irgendwo unten ertönte ein Heulen, von dem ich zuerst glaubte, es gehöre einem Menschen. Dann aber begriff ich, daß es von einem Wildhund stammte, der in dem Wald am Fuß des Berges jagte. Als es Morgen wurde, kehrte ich zu dem Wrack zurück.

Inzwischen konnte ich mir in groben Zügen vorstellen, was geschehen war. Offensichtlich hatte eine der vielen Banden Aufständischer den Absturz beobachtet, die normalerweise hier oben hausten und von Zeit zu Zeit die holländischen Siedlungen und Farmen weiter unten überfielen. Durch die Unterstützung sowohl der Japaner wie ihrer eigenen gewiefteren, nationalistisch gesonnenen Landsleute waren diese Rebellen in jüngster Zeit kühner geworden und stellten inzwischen eine ernste Bedrohung für die Siedler dar. Ob sie sich nun selbst Banditen, Piraten oder ›Nationalsozialisten‹ nannten, ihnen allen gemeinsam war der Haß gegen die Weißen und insbesondere die Holländer. Sie hatten die Überlebenden vermutlich als Geiseln gefangengenommen und würden sie möglicherweise ihren japanischen Freunden im Austausch gegen Waffen oder Ausrüstung übergeben. Vielleicht wollten sie sich auch nur ein Vergnügen daraus machen, sie langsam umzubringen. Das konnte ich nicht genau wissen. Doch ich wußte: Würden sie mich entdekken, würde mich das gleiche Schicksal erwarten, und keine der Aussichten war erfreulich.

An Bord des Lazarettschiffes hatten sich nur wenige Waffen befunden, und obgleich ich geneigt war, mich zu bewaffnen, machte ich mir nicht die Mühe, bei den Toten nach Waffen zu suchen. Hätten sie welche besessen, hätten die Banditen sie vermutlich ohnehin gefunden. Statt dessen stellte ich einen weiteren Plastikbehälter mit Wasser und eine Dose mit ziemlich altbackenen Brötchen sicher. Ich entdeckte eine Erste-Hilfe-Tasche, die ich sorgsam schulterte, denn mir war klar, daß ich mich früher oder später in dichtem Dschungel befinden würde. Dann riß ich einen Parang aus dem Leichnam just einer der Schwestern, die mich gesund gepflegt hatten.

Ich stolperte von dem zerschmetterten Rumpf des Luftschiffes weg und stieg den Berg hinab. Meine Augen brannten, und in meiner Kehle saß beißend der Schwefel.

Ich bewegte mich immer noch wie in Trance, taumelte tatsächlich von einem Traum in den anderen. Nichts war wirklich real erschienen, seit die ersten Schiffe der Japanischen Luftflotte über Singapur aufgetaucht waren.

Und doch marschierte ich hier durch die Rauchschwaden. Ich hatte keinerlei Bedürfnis, mich in den Alptraum einer Gefangenschaft bei den malaiischen Banditen zu stürzen.

Schließlich gelangte ich ins strahlende Sonnenlicht, sah blauen, ruhigen Himmel über mir und das üppige, vielfältige Grün eines Waldes unter mir. Ich sah mich nach Anzeichen für die Banditen und ihre Gefangenen um, konnte jedoch nichts entdecken.

Jenseits des Waldes war am Himmel eine schwache Linie zu erkennen. Es war der Horizont der See. Das Luftschiff hatte die Insel fast überquert und hätte es auch geschafft, wenn der Wind es nicht gegen den (wie ich nun sah) höchsten Berg der Gegend gedrückt hätte. Ich würde versuchen, mich wie das Schiff in Richtung Djogjakarta durchzuschlagen, und beten, daß die Stadt sich noch in der Hand der Niederländer befand. Meine größte Chance bestände darin, das Land bis zum Meer zu durchqueren, um dann dem Strand in westliche Richtung zu folgen, bis ich zu der Stadt gelangte oder mit etwas Glück auf eine Straße stieß, wo mich vielleicht jemand mitnahm.

Es hätte keinerlei Sinn gehabt, eigenständig etwas zur Befreiung der Gefangenen zu unternehmen. Sobald ich erst in Djogjakarta wäre, würde ich den Behörden melden, was vorgefallen war, und hoffen, daß holländische Hovergyros mit Soldaten aufsteigen und die Leute retten würden.

Also trat ich meinen Marsch zum Meer an.

Ich brauchte drei Tage; zuerst durch dichten Dschungel und hinaus in die Ebene, bis ich zu den Reisfeldern gelangte, die ich in weitem Bogen um die Dörfer durchwaten mußte, da die Bauern, wie dies häufig geschah, möglicherweise gemeinsame Sache mit den Banditen machten.

Es war eine anstrengende Wanderung, und bis ich den Strand sah, keinen halben Tagesmarsch vor mir, war ich halb verhungert. Mit gewisser Erleichterung watete ich durch das letzte Reisfeld; meine zerschlissenen Stiefel klebten im festen Lehm; doch als ich in der Ferne ein vertrautes Geräusch vernahm, blieb ich stehen.

Es war das Summen von Luftschiffmotoren. Ich blickte zum Himmel und suchte die Quelle des Geräuschs. Ein silbernes Blinken am Himmel.

Tränen traten mir in die Augen, und die Schultern sackten mir herab, als mir klar wurde, daß mein Kampf vorüber war. Ich war gerettet. Ich begann zu schreien und zu winken, obgleich es unwahrscheinlich war, daß die Mannschaft mich aus dieser Höhe auch nur sehen konnte!

Doch das Schiff *kam* tiefer. Es schien nach mir zu suchen. Vielleicht ein Rettungsschiff aus Surabaja? Ich verfluchte mich dafür, daß ich nicht näher beim Wrack geblieben war, wo man mich schneller hätte entdecken können. Bis zur Taille im Wasser, inmitten der säuberlichen Reihen von Reispflanzen, schwenkte ich meinen Parang und schrie noch lauter.

Dann erkannte ich das Emblem auf dem Schiffsrumpf, tauchte sogleich bis zum Hals in die Pflanzen und zog sie über meinem Kopf zusammen. Das Schiff trug die rote Scheibe der aufgehenden Sonne auf den Seitenwänden. Es war ein Schiff der Kaiserlichen Japanischen Luftflotte.

Eine Weile kreiste das Schiff über dem Gebiet, ehe es hinter den Bergen verschwand. Ich wartete, bis es nicht mehr zu sehen war, bevor ich es wagte, aus dem Wasser aufzutauchen. In den vergangenen vierundzwanzig Stunden war ich zu einem scheuen Wesen geworden.

Vorsichtiger denn je kroch ich zum Meer, bis ich

schließlich im Schatten des Felsens auf einem warmen Strand mit vulkanischem schwarzen Sand lag, an den die schwere weiße Brandung des Indischen Ozeans rauschte.

Die Gegenwart dieses Erkundungsschiffes über Java bedeutete nichts Gutes. Es besagte, daß Japan sich stark genug fühlte, die niederländische Neutralität zu ignorieren. Es konnte auch heißen, daß Japan oder die Banditen, die für Japan arbeiteten, die Insel übernommen hatten.

Ich fragte mich, ob es nun noch einen Sinn hatte zu versuchen, nach Djogjakarta zu gelangen. Ich wußte, daß die Japaner mit ihren Gefangenen nicht freundlich umgingen.

Das Rauschen der Brandung schien anzuschwellen und wurde immer beruhigender, bis die Frage mich nicht länger quälte, als ich mich auf dem weichen Sand ausstreckte und meinen müden Geist und Körper in den Schlaf sinken ließ.

5

Der Preis für Fischerboote

Gegen Mittag des folgenden Tages erblickte ich das Fischerdorf. Es war eine eher willkürliche Ansammlung von Block- und Lehmhütten verschiedener Größe. Sie alle waren mit Palmblättern gedeckt, und ein paar waren auf Pfählen erbaut. Die an hölzernen Landungsstegen im seichten Wasser vertauten Einbäume waren primitiv und sahen kaum seetüchtig aus. Die Hütten standen im Schatten großer Palmen, deren gebogene Stämme und ausladende Blätter größeren Schutz zu bieten schienen als die Häuser.

Ich duckte mich hinter einen kleinen Hügel und dachte eine Weile nach. Es bestand die Möglichkeit, daß die Dorfbewohner mit den Japanern, den Banditen oder beiden verbündet waren. Doch trotz meines Bestrebens um Sicherheit war ich es nun müde, mich zu verstecken, war schrecklich hungrig und hatte einen Punkt erreicht, wo ich mich nicht mehr sehr darum scherte, wer diese Dorfbewohner waren oder wem sie sich verpflichtet fühlten, solange sie mir nur etwas zu essen gaben und mich anderswo als im grellen Sonnenlicht schlafen ließen.

Ich kam zu einem Entschluß und trottete weiter. Ich glaubte die Sorte der Weißen zu kennen, welche diese Leute am ehesten dulden und verköstigen würden.

Ich hatte bereits die Mitte des Dorfes erreicht, ehe sie allmählich auftauchten, zuerst die erwachsenen Männer, dann die Frauen und schließlich die Kinder. Sie blickten mich finster an. Ich lächelte und hielt meinen Beutel in die Höhe. »Medizin«, sagte ich und versuchte verzweifelt, meine geringen Vokabelkenntnisse zusammenzukratzen.

Sie schauten mich alle an, als ob sie brauchen könnten, was ich anzubieten hatte.

Ein paar Dörfler traten aus der Menge hervor. Sie alle trugen Gewehre, Parangs und Messer, die trotz ihres Alters noch funktionstüchtig wirkten.

»Medizin«, wiederholte ich.

Hinten in der Menge rührte sich etwas. Ich vernahm Worte eines mir unbekannten Dialekts. Ich betete, daß einige von ihnen malaiisch sprächen und daß sie mir die Chance gäben, mich ihnen verständlich zu machen, ehe sie mich umbrachten. Es bestand kein Zweifel daran, daß sie meiner Anwesenheit feindlich gegenüberstanden.

Ein alter Mann drängte sich zwischen den Bewaffneten hervor. Er hatte klare, listige Augen und runzelte abwägend die Stirn. Er blickte auf meine Beutel und stieß ein paar Worte in seinem Dialekt hervor. Ich antwortete auf Malaiisch. Dies mußte der Anführer sein, denn er war mit seinem gelbroten Sarong weit besser gekleidet als seine Gefährten. An den Füßen trug er Sandalen.

»Belanda?« fragte er. »Holländer?«

Ich schüttelte den Kopf. *»Inggeris.«* Ich war nicht überzeugt, ob es für ihn einen großen Unterschied machte, ob ich nun Holländer oder Engländer war. Doch er blickte ein wenig freundlicher drein und nickte.

»Ich habe Medizin.« Stockend sprach ich die malaiischen Worte aus, denn sein Dialekt war mir nicht vertraut. »Ich kann euren Kranken helfen.«

»Warum kommst du einfach so ohne Boot, Wagen oder Flugmaschine?«

»Ich war auf einem Schiff.« Ich deutete hinaus aufs Meer. »Es ging in Flammen auf. Ich schwamm hierher.

Ich möchte gern ... nach Bali. Wenn ich eure Kranken heilen soll, müßt ihr mich bezahlen.«

Ein schwaches Lächeln strich ihm über die Lippen. Das ergab einen Sinn für ihn. Ich war gekommen, um zu handeln. Nun schaute er mich fast erleichtert an.

»Wir besitzen wenig Geld«, sagte er. »Die Holländer zahlen nichts für unseren Fisch, jetzt, da die Orang Djepang gegen sie Krieg führen.« Er deutete an der Küste entlang in Richtung Djogjakarta. »Sie kämpfen.«

Ich verbarg meine Enttäuschung. Es hatte also keinen Sinn zu versuchen, sich zur Stadt durchzuschlagen. Ich würde mir einen anderen Plan ausdenken müssen.

»Wir haben Reis«, sagte der Dorfälteste. »Wir haben Fisch. Aber kein Geld.«

Ich beschloß, meine ursprüngliche Idee weiter zu verfolgen. Wenn es klappte, stünde ich ein wenig besser da. »Ich will ein Boot. Ich werde alle Krankheiten heilen, die ich kann, aber ihr müßt mir eines eurer Boote mit Motor geben.«

Der Anführer kniff die Augen zusammen. Die Boote waren ihre kostbarste Habe. Er schnüffelte, runzelte die Stirn und schürzte die Lippen. Dann nickte er. »Du bleibst bei uns, bis zehn Männer krank geworden und geheilt sind, fünf Frauen und fünf männliche Kinder«, sagte er und senkte den Blick.

Damit wollte er offenbar jedes Anzeichen in seinen Augen verbergen, daß er versuchte, bei dem Handel das Beste herauszuschlagen.

»Fünf Männer«, sagte ich.

»Zehn Männer.«

Ich spreizte die Hände. »Ich bin einverstanden.«

Und so kam es, daß ich mehr Wochen als geplant in einem abgelegenen und eher feindseligen kleinen Fischerdorf auf Java zubrachte, denn der Dorfälteste hatte mich natürlich übertölpelt.

Die Männer erwiesen sich als erschreckend gesund, während die Frauen und Kinder ständig unter irgendwelchen kleineren Wehwechen zu leiden schienen, so daß ich mit meinen beschränkten medizinischen Kenntnissen weit mehr Leute behandelte, als ursprünglich abgemacht gewesen waren, und es sah so aus, als sollte ich die Zahl der männlichen Patienten niemals erreichen. Der Anführer hatte sogleich begriffen, daß er ein gutes Geschäft machte, und bald war offenkundig, daß die Männer, wenn sie überhaupt krank wurden, sich ihrer üblichen Heilmethoden bedienten und erst gar nicht zu mir kamen. Mindestens zwei starben während meiner Anwesenheit. Sie waren angehalten, mich gar nicht zu beachten, so daß ich weiter Frauen und Kinder behandeln mußte.

Über das alles war ich nicht einmal besonders böse. Der Alltag beruhigte meine erschöpfte Psyche, und ich gab mich ihm hin. Mein Bewußtsein von irgendeiner Wirklichkeit jenseits der Dorfgrenzen wurde immer unbestimmter. In der Welt draußen herrschte wieder Chaos, doch die Lebeweise im Dorf von einem Tag auf den anderen war ein Modell einfacher Ordnung, und ich hätte vielleicht ewig so weitergelebt, wäre die Außenwelt nicht letztendlich doch eingedrungen.

Im Rückblick begreife ich, daß es unausweichlich war, doch als es dann soweit war, überraschte es mich.

Eines Morgens erblickte ich in der Ferne eine Staubwolke. Es kam mir vor, als würde der Sand am Strand aufgepeitscht, doch wodurch, konnte ich nicht erkennen.

Dann rückte die Staubwolke näher, ich begriff, was sie zu bedeuten hatte, und rannte los, um mich im Eingang einer Hütte zu verstecken.

Der Staub wurde durch die Reifen von Militärfahrzeugen aufgewirbelt, großen, massigen, zweckdienlichen Kästen, deren breite Räder von Dampfturbinen angetrieben wurden. Und die Militärfahrzeuge waren vollgestopft mit japanischen Soldaten. Mit großer Wahrscheinlichkeit hatten sie inzwischen die ganze Insel erobert und gewiß Gerüchte von meinem Aufenthalt in dem Dorf vernommen. Sie waren gekommen, um das zu überprüfen.

Zu diesem Zeitpunkt beschloß ich, nach Australien zu schippern. Es bot sich kein anderes Ziel.

Obgleich ich mein ursprüngliches Abkommen mit dem Dorfältesten nicht erfüllt hatte, besaß ich doch das moralische Recht zu dem, was ich nun tat, denn ich hatte mir mit den Dorfbewohnern viel Mühe gegeben. Und ich würde ihnen alles zurücklassen, was meine Arzneitasche noch enthielt.

Ich nahm nur einen Benzinkanister voll Wasser mit und kroch im Schutz eines Landungsstegs an den Strand. Dann watete ich zu einem der Außenbordmotorboote und löste die Leine. Alle Dorfbewohner beobachteten die Ankunft der Wagen; das war meine einzige Gelegenheit zu fliehen. Ich schob das Boot aufs offene Meer zu, während die Dörfler, aufgeregt über die Ankunft ihrer neuen Herren, umherliefen.

Ich hatte Glück. Bald erfaßte eine Strömung das Boot und trug es rascher von der Küste fort. Schließlich sahen mich die Dorfbewohner und begriffen, was geschah, als die japanischen Wagen gerade das Dorf erreichten. Ich war nun ein Stück vom Strand entfernt und hatte Schwierigkeiten, in das Boot zu klettern, ohne es zum Kentern zu bringen.

Die Dorfbewohner fuchtelten mit den Armen und deuteten auf mich. Ich hievte mich schließlich in das wild schaukelnde Boot und versuchte, den Außenbordmotor anzuwerfen.

Es gab drei Fehlzündungen, bevor er ansprang. Ich stellte die Ruderpinne richtig und schlug den Weg zum offenen Meer ein; mit großer Befriedigung sah ich, daß mittschiffs noch zwei Reservekanister mit Treibstoff standen.

Ich hörte Pistolenschüsse und Gewehrsalven.

Dann setzte ein Maschinengewehr ein, Kugeln pfiffen mir um die Ohren und schlugen um mich herum ins Wasser. Ich veränderte weiter den Kurs, zog einmal einen geschlossenen Kreis und fuhr dann in die entgegengesetzte Richtung zu Darwin, meinem eigentlichen Ziel, in der Hoffnung, das würde meine Verfolger verwirren, wenn sie an ihr Hauptquartier funkten und es aufforderten, Luftschiffe und Patrouillenboote zur Suche nach mir auszuschicken.

Das Gewehrfeuer verstummte für einen Augenblick. Ich schaute zurück und sah die winzigen Gestalten der Dorfbewohner. Sie schienen jetzt vor den Japanern zu knien.

Dann setzte das Maschinengewehr wieder ein, doch diesmal feuerte es nicht auf mich.

Ein paar Stunden später glaubte ich mich endlich nicht mehr verfolgt. Ich hatte nur ein Luftschiff in der Ferne gesehen, und bald würde es Nacht werden. Ich hatte Glück gehabt.

Während ich so über den glatten, strahlenden Spiegel des Ozeans tuckerte, mich selbst beglückwünschte und meine Gedanken zunehmend abstrakter wurden, kam ich nicht auf den Gedanken, daß die japanischen Patrouillen die Gewässer nach mir abgesucht haben mußten. Es scheint, als hätte ich zu jenem Zeitpunkt bereits in mehrfacher Hinsicht meine Orientierung verloren gehabt.

Mit dem Verlauf der sengenden Tage und der kalten Nächte wurde mir allmählich klar, daß ich nicht die geringste Chance hatte, Australien zu erreichen, und ich begann mit meinem hungernden und durstigen Ich über den Sinn des Lebens, das Wesen des Todes und dessen zu debattieren, was auf mich wie ein beständiger Kampf zwischen Chaos und Ordnung wirkte (und wobei ersteres weit besser wegzukommen schien).

Dieses brabbelnde und närrische Wesen – einst in einer geordneten Welt ein praktischer und sachbezogener Soldat – war es, das schließlich Rowe Island sichtete und vernünftigerweise zu dem Schluß gelangte, daß dies nichts als ein hervorragend detailliertes Trugbild war.

6

Der mysteriöse Dempsey

Rowe Island wurde 1615 von dem britischen Forscher Richard Rowe entdeckt.

1887 wurden dort fast reine Kalziumvorkommen gefunden, und 1888 wurde die Insel von Großbritannien annektiert. In jenem Jahr landeten die ersten Siedler, und 1897 hatten sie vom Mutterland die Konzession erhalten, die Phosphatlager abzubauen! War die Insel vor 1888 unbewohnt gewesen, so erreichte sie um das erste Drittel dieses Jahrhunderts eine Bevölkerungszahl von über zweitausend Menschen, vorwiegend malaiischen und chinesischen Bergarbeitern, die gekommen waren, um für die Welland Rock Phosphate Company zu arbeiten, dem einzigen Industriekonzern von Rowe Island.

Rowe Island liegt – oder lag – im Indischen Ozean, 224 Meilen südlich, 8 Grad östlich von Java Head und 259 Meilen nördlich, 79 Grad östlich von den Keeling-Inseln. Es liegt 815 Meilen von den Ruinen Singapurs und 1630 Meilen von den Überresten von Fremantle, Westaustralien, entfernt. Seine europäische Bevölkerung belief sich auf etwa einhundert Personen; dazu gehörten der offizielle Vertreter und sein Mitarbeiterstab, der Geschäftsführer und die Verwaltungsangestellten der Welland Rock Phosphate Company, verschiedene private Siedler, die aus gesundheitlichen Gründen dort wohnten (Rowe Island war eine sehr gesunde Gegend), ein junger Leutnant, der die kleine Gurkha-Garnison befehligte, einige Restaurant-, Geschäfts- und Hotelinhaber, verschiedene Missionare und die Leiter von Aeropark- und Hafenanlagen. Als ich landete, waren die meisten natürlich schon abgereist, und es kamen weder Dampfer noch Luftschiffe, um den einzigen Exportartikel der Insel abzuholen.

Die Siedlung besaß eine Moschee, einen buddhistischen Tempel, eine katholische Kirche, eine methodistische Kapelle und ein Missionskrankenhaus, das von der englischen Kirche betrieben wurde. Das Krankenhauspersonal bestand aus pakistanischen Nonnen unter der Leitung eines Laien, Dr. Hira, eines Singhalesen. Der Krankenhausmissionar und seine Frau waren kurz nach der Zerstörung Singapurs nach Australien abgereist.

In jenem Krankenhaus erwachte ich und begriff schließlich, daß Rowe Island letztlich doch keine Halluzination war.

Mir taten alle Knochen weh, und mein Körper brannte überall, doch ich war nicht mehr durstig, nur noch hungrig. Ich lag zwischen reichlich derben Laken, die augenscheinlich zu einem Krankenhaus gehörten. Die Wände waren weiß gestrichen. Dort hing ein Elfenbeinkruzifix, und in einem Topf auf der Fensterbank standen ein paar exotische Blumen vor den halb geöffneten Fenstern. Ich empfand den Drang, mich zu kratzen, stellte jedoch fest, daß beide Hände bandagiert waren. Ich bewegte mich, worauf meine Gelenke schmerzten. Ich versuchte, mich aufzusetzen, sank jedoch ermattet zurück. Noch immer fiel es schwer zu glauben, daß ich letztendlich gerettet war. Ich hatte überlebt.

Eine Weile später öffnete sich die Tür, und herein kam ein wunderschönes Pakistani-Mädchen in cremefarbenem Nonnengewand. Sie nickte, lächelte mir ernst zu und trat zur Seite, um einen sehr hochgewachsenen, sehr dünnen Singhalesen in elegantem weißen Anzug einzulassen. Um den Hals hing ihm ein Stethoskop, auf dem die Finger seiner rechten Hand eine Melodie zu spielen schienen. Sein hübsches, langes Gesicht blickte mich ziemlich zynisch an. Er schaute auf die Uhr an seinem Handgelenk. »Nicht schlecht. Fast genau auf die Minute.«

Mein erster Sprechversuch war nicht eben erfolgreich. Mein zweiter war schon besser. »Sie«, fragte ich, »oder ich?«

»Wir beide.« Er nahm ein silbernes Zigarettenetui aus der Tasche, öffnete es und bot mir die Zigaretten an. Ich zeigte ihm meine verbundenen Hände, und er lächelte entschuldigend. »Die Schwester wird Sie davon befreien, wenn Sie eine wollen.«

»Im Augenblick nicht. Danke.«

Er zündete sich eine Zigarette an. »Nun, ich freue mich, sagen zu können, Sie sind über dem Berg. Wir brachten Sie in dieses Zimmer, weil die anderen Patienten bei Ihrem Geschrei nicht schlafen konnten. Sie sind Luftschiffer, nicht wahr?«

»Das bin ich«, antwortete ich. »Ich war auf dem abgestürzten Luftschiff.« Ich sagte ihm meinen Namen und was sich zugetragen hatte. Ich erkundigte mich, wo ich war.

»Ich bin Doktor Hira. Wir sind hier im Saint Charles-Krankenhaus auf Rowe Island.« Er lächelte ironisch. »Wie ich sehe, haben Sie noch nie von Rowe Island gehört. Nur wenige kennen es. Vielleicht hat uns der Krieg deshalb nicht direkt betroffen. Hier kommt keiner vorbei, weder per Luft noch per Wasser. Es würde mich nicht überraschen, wenn wir in einigen Monaten der letzte Standort der Zivilisation auf dem Globus wären.« Er zog intensiv an seiner Zigarette und blickte durch das Fenster zum Hafen hinaus. Die pakistanische Schwester holte weitere Kissen und half mir beim Aufsitzen.

»Sofern man das überhaupt Zivilisation nennen kann«, meinte Hira. »Haben Sie Hunger?«

»Und wie!«

»Gut.« Hira tätschelte die schüchterne Nonne auf die Schulter. »Holen Sie etwas Suppe für den Patienten, meine Liebe.«

Als die Schwester gegangen war und die Tür hinter sich geschlossen hatte, fuchtelte ich mit meinen bandagierten Händen herum. »Zuerst dachte ich, dieser ganze verdammte Ort wäre ein Hirngespinst.«

Hira zuckte mit den Schultern. »Vielleicht ist er das auch. Wenngleich auch ein ziemlich heruntergekommener Traum. Sie haben Singapur überlebt, wie?«

»Es ist schwer zu glauben, daß das alles Wirklichkeit war«, sagte ich.

»Und doch ist es so. Wir haben davon gehört.«

»Also besteht eine gewisse Verbindung zur Außenwelt?«

»Wir haben ein Funkgerät, das gelegentlich funktioniert. Ein handbetriebener Apparat.«

»Und diese Dauen sind die einzige Möglichkeit, die Insel zu verlassen? Keinerlei Schiffe?«

»Nicht mehr, Mister Bastable. Die Leute von der Mine versenkten unseren einzigen Dampfer in der Vorstellung, sie könnten verhindern, daß die Insel als feindlicher Flottenstützpunkt benutzt wird.« Hira deutete aus dem Fenster auf den Hafen, wo das rostende Oberteil des Schiffes noch zu erkennen war.

»Also sitze ich hier fest, wenn man das Funkgerät nicht in Gang bekommt. Sie sagten, es sei handbetrieben. Besitzen Sie denn keine eigene Energiequelle?«

»Wir haben keinen Treibstoff mehr. Zur Beleuchtung benutzen wir jetzt Öllampen.«

»Wann besteht ein Chance, eine Nachricht nach Darwin zu übermitteln?«

»Das hängt vom Zustand des Funkgeräts und vom Zustand von Shawcross, unserem Funker, ab. Ich werde jemanden bitten, morgen zum Aeropark hinaufzugehen und nachzusehen, ob Shawcross nüchtern genug ist, das Gerät zu bedienen. Mehr kann ich kaum tun. Sie sind wohl wild darauf, sich wieder ins Gefecht zu stürzen, wie?«

Ich beäugte ihn mißtrauisch und versuchte, die Ironie aus einem Gesicht zu lesen, das mich nun ausdruckslos ansah.

»Ich habe einen Auftrag«, sagte ich. »Sie werden erfahrene Luftschiffleute brauchen.«

»Gewiß, Mister Bastable. Ich muß nun meine Visite fortsetzen. Bis später.«

Hira hob das Stethoskop zu einer Art Salut und verließ das Zimmer.

Ich sank ins Bett zurück und seufzte. Ein altes Funkgerät und ein betrunkener Funker. Ich war ziemlich pessimistisch hinsichtlich meiner Chancen, Rowe Island bald zu verlassen.

Eine Woche verstrich, und ich wurde mit jedem Tag kräftiger. Ich erholte mich hervorragend von einem sehr ernsten Fall von Erschöpfung und Sonnenbrand. Doch ich wurde auch immer ungeduldiger und bedrängte Dr. Hira mit Fragen nach dem Funkgerät und dem Zustand des Funkers. Die Nachrichten, die man anfänglich ans Krankenhaus gemeldet hatte, waren schlecht gewesen. Kurz nach meiner Ankunft war Shawcross irgendwo in die Berge gezogen. Er hatte ein Chinesenmädchen und einen Kasten Gin mitgenommen und war unauffindbar.

Etwa zehn Tage, nachdem ich aus meinem Koma erwacht war, stand ich in einem ziemlich albernen Krankenhausmorgenmantel, der mir entschieden zu kurz war, am Fenster und sprach mit Dr. Hira, der gekommen war, um mir zu berichten, daß es immer noch nichts Neues über Shawcross gab. Im Hafen herrschten großes Durcheinander und Lärm. Seit Tagesanbruch huschten halbverhungerte Malaien über den Landungssteg und packten ihre ganze Habe in eines der Fischerdauen. Offensichtlich hatte meine Ankunft auf Rowe Island etwas in Gang gebracht. Die Leute hatten begriffen, daß die Bergwerksgesellschaft lange Zeit nicht wiederkäme, und beschlossen, sich nach Java durchzuschlagen, obgleich sie darüber informiert worden waren, was die Japaner mit ihren Landsleuten angestellt hatten. Diese Malaien taten mir leid. Ihr Boot würde vermutlich sinken, noch bevor sie einige Meilen auf See wären. Betroffen ließ ich den Blick durchs Zimmer schweifen und sah Dr. Hira an.

»Die Regierung müßte diesen Leuten helfen; Nachschub einfliegen oder dergleichen. Ich wünschte, der verdammte Funker würde endlich auftauchen.«

»Ich glaube, die Regierung hat im Augenblick eine Menge Schwierigkeiten.« Hira saß auf meinem Bett und fingerte an seinem Stethoskop. Er hatte fast einen zufriedenen Unterton in der Stimme. »Ich weiß nicht, wann wir Shawcross zu sehen bekommen werden. Er zieht sich häufig auf diese Weise zurück. Vermutlich versteckt er sich draußen in einer der Minen.«

»Ich könnte versuchen, das Funkgerät selbst in Gang zu bekommen«, sagte ich. »Das wäre zumindest besser als diese Untätigkeit. Es geht mir nun gut genug, daß ich das Zimmer verlassen kann. Wenn Sie vielleicht einen Anzug für mich auftreiben könnten ...«

»Ich denke, wir werden etwas in Ihrer Größe finden. Aber Shawcross hat sein Büro abgeschlossen. Das tut er immer. Er ist gern unverzichtbar. Das hält seinen Kredit im Hotel hoch.«

»In welchem Hotel?«

»Bei Olmeijer. Dem Royal Airpark-Hotel am Rande vom Aeropark. Früher war es eines der größten. Heute ist es das einzige. Ich glaube, Olmeijer betreibt es nur noch aus Sentimentalität.«

»Ich werde trotzdem einen Spaziergang dorthin unternehmen.« Ich war neugierig, mir die Insel näher zu besehen.

»Warum nicht?« meinte Hira. »Sie müssen den Ort kennenlernen. Schließlich ist es gut möglich, daß Sie eine Weile hierbleiben.« Er wirkte erheitert.

Als ich meinen geborgten Anzug überstreifte, nahm Hira meinen Platz am Fenster ein. Vom Hafen herauf klang Stimmengebrabbel, als die Malaien das Schiff klar zum Auslaufen machten. Er schüttelte den Kopf. »Sie werden mit Gewißheit ertrinken.«

»Will sie denn niemand aufhalten?« Ich schlüpfte in das Jackett. Der Leinenanzug war von überraschend guter Paßform, ebenso wie das weiße Hemd, das Hira mir geliehen hatte. »Gibt es denn hier nicht eine Art Gouverneur? Sie erwähnten jemanden ...«

»Brigadekommandeur L. G. A. Nesbit ist der offizielle Regierungsvertreter schon seit 1920.« Hira zuckte mit den Schultern. »Er ist siebenundachtzig Jahre alt und seit mindestens zehn Jahren stark vergreist. Vermutlich ist er deshalb geblieben, als die große Abwanderung einsetzte. Sein ganzer Stab besteht nun aus einem Kammerdiener, der so alt ist wie er, und einem bengalischen Sekretär, der seine ganze Zeit über endlosen Bestandsaufnahmen zubringt und sein Büro augenscheinlich seit Kriegsbeginn nicht mehr verlassen hat. Dann ist da natürlich noch der junge Leutnant Allsop, der unser einheimisches Militär befehligt. Ich glaube nicht, daß Allsop traurig ist, wenn er ein paar seiner Sorgenkinder ziehen sieht.«

»Die Malaien stellen ein Problem dar, was?« Ich probierte einen der Panamahüte, die auf dem Bett lagen. Er paßte ebenfalls gut.

Hira machte eine müde Handbewegung. »Hier sitzen zumindest tausend Malaien und Chinesen. Die Malaien sind überwiegend Moslems und die Chinesen Buddhisten oder Christen. Und sie stehen, wenn sie nichts Besseres zu tun haben, der Lebensweise der anderen sehr kritisch gegenüber. Und nun haben sie nichts Besseres zu tun – sie verloren ihre Arbeit, als das Bergwerk geschlossen wurde, und leben nun von Land und Meer, so gut sie eben können.«

»Arme Teufel«, sagte ich.

Er schenkte mir ein eigentümliches Lächeln. »Ich frage mich, ob Sie das noch sagen werden, wenn diese Leute sich gegen die Weißen erheben. Und das kann nicht mehr lange dauern, wissen Sie. Augenblicklich hassen sie einander mehr als die Europäer, doch es bedarf nur eines Anstoßes, daß sie ein allgemeines Massaker anrichten. Dann sind wir alle geliefert. Formal gesehen, verstehen Sie, werden die Schwestern und ich als Europäer betrachtet.«

»Und Sie wollen wirklich so lange bleiben, bis das eintritt?«

»Soll ich nach Ceylon zurückkehren und unsere japanischen Eroberer pflegen?«

»Sie könnten nach Australien oder England. Vermutlich werden heutzutage überall Ärzte gebraucht.«

»Vielleicht hätte ich das gleich deutlich machen müssen.« Hira öffnete mir die Tür. »Ich habe zwei Prinzipien. Eines davon ist, daß ich nicht für Europäer arbeite. Vor allem deshalb kam ich nach Rowe Island. Bis zur Evakuierung war dieses Krankenhaus farbigen Menschen vorbehalten, Mister Bastable.«

Als ich aus dem Krankenhaus trat, rückte ich meinen Hut zurecht und blieb stehen, um zu sehen, wie eine der Dauen sich seinen Weg an dem Dampferwrack vorbeibahnte. Jeder Zentimeter an Deck war besetzt mit braunhäutigen Männern, Frauen und Kindern. Es erinnerte mich an das schreckliche Bild des dem Untergang geweihten Lazarettschiffes, und ich konnte den Gedanken kaum ertragen, was aus ihnen werden würde. Langsam schlenderte ich an dem unkrautüberwucherten Kai entlang, vorbei an den verlassenen Hotels, Büros und Lagerhäusern, vor denen nutzlose Wagen, Karren und Busse standen.

Ein paar verzweifelte Malaien schleppten ihr Bündel den Landungssteg zurück, weil sich für sie kein Platz mehr an Bord gefunden hatte. Die haben Glück, dachte ich.

Ich gelangte an eine Ecke und bog in eine enge, stille Seitenstraße, die von nichtssagenden grauen und braunen Arbeiterhäusern und ein paar vernagelten Läden gesäumt wurde. Die Straße stieg steil an, und ich bemerkte, wie schwach ich immer noch war, denn die letzten Schritte kosteten mich ausgesprochene Mühe, ehe ich einen kleinen quadratischen Platz erreichte, der von einer ramponierten Statue Edwards des Dritten auf einem trockengelegten Springbrunnen beherrscht wurde. Das Betonbecken des Brunnens war angefüllt mit leeren Flaschen, zerrissenen Zeitungen und weniger appetitlichen Abfällen. Rings umher spielten ein paar chinesische Kinder, während ihre Mütter mit ausdruckslosen Gesichtern in den Türrahmen saßen und ins Leere starrten. Dankbar setzte ich mich auf den Brunnenrand, ohne mich um den Gestank zu scheren, der ihm entströmte, und lächelte den unterernährten Kindern zu. Sie unterbrachen sogleich ihr Spiel und blickten mich mürrisch an.

»*Tso sun*«, sagte ich ernst auf Kantonesisch. »Guten Morgen.«

Kein einziges Kind antwortete. Ein wenig verunsichert wünschte ich, ich hätte etwas dabei, das ich ihnen schenken könnte. Irgendwelche Süßigkeiten vielleicht, denn Geld war wertlos auf Rowe Island.

Ich nahm meinen Hut ab und wischte mir über die Stirn. Ich begann stark zu schwitzen, und die Sonne machte mir allmählich zu schaffen. Ich sollte besser zum Hotel zurückkehren, solange ich noch dazu in der Lage war.

Dann hörte ich den Klang von Hufschlägen und drehte mich erstaunt um, um einen Reiter auf den Platz galoppieren zu sehen. Er wirkte hier eindeutig fehl am Platze, wie er so aufrecht und arrogant im Sattel seines wohlgenährten Pferdes saß. Es war ein großgewachsener blonder Engländer von ungefähr Dreißig in schimmerndem weißen Uniformrock und Reithosen, mit Militärabzeichen auf dem Jackett. Seine Stiefel, Gürtel, Schulterriemen und Pistolenhalfter waren ebenso auf Hochglanz poliert wie das Abzeichen auf seinem Tropenhelm. Er sah mich sogleich, tat jedoch, als hätte er mich nicht bemerkt. Er strich sich mit dem Knauf seines Offiziersstöckchens über den blonden Schnurrbart und brachte sein Pferd auf der anderen Seite des Platzes zum Stehen.

Ich blickte mich um zu den leeren, stillen Fenstern und fragte mich, was er hier wohl zu tun hatte.

»Schaffen Sie die Kinder aus dem Weg, Feldwebel!« Seine Stimme hatte einen scharfen, befehlenden Klang.

Daraufhin tauchten aus einer anderen Seitenstraße sechs steif eingekleidete Gurkhas unter Führung eines Feldwebels auf und scheuchten die Kinder mit ihren Gewehren fort. Sie hatten die Bajonette aufgepflanzt. Sie trugen dunkelgrüne Uniformen mit scharlachroten Aufschlägen, und in ihren Gürteln steckten lange gebogene Messer. Die Frauen mußten nicht eigens gewarnt werden; sie zerrten ihre Kinder in die Häuser und schlugen die Türen zu. Nun war ich der einzige Zivilist auf dem Platz.

»Was geht hier vor, Leutnant?« erkundigte ich mich.

Der Leutnant wandte mir den Blick seiner kalten blauen Augen zu. »Sir, ich würde vorschlagen, daß Sie den Platz sofort verlassen. Das hier ist eine Polizeiangelegenheit. Es könnte Schwierigkeiten geben.«

Eine Diskussion schien sinnlos. Ich gab nach. »Danke, Leutnant.« Ich ging über den Platz, blieb jedoch im Schatten einer Seitenstraße stehen und beobachtete neugierig, was vor sich ging.

Nun stieg der junge Offizier ab und befahl dem Feldwebel, in eines der Häuser einzudringen. Die Gurkhas stürzten hinein, der Leutnant folgte ihnen.

Ich beobachtete das Ganze verwirrt und wußte mir keinen Reim darauf zu machen. Eine kleine Weile herrschte auf dem Platz tödliche Stille, dann drang aus dem Haus ein schreckliches Wirrwarr von Schreien und Rufen. Ich hörte eine Frau auf kantonesisch kreischen. Zwei Schüsse krachten; dann ertönte die Stimme des jungen Offiziers, der Befehle erteilte. Ein weiterer Schrei (diesmal von einem Mann), und eine Flut von etwa zwanzig Kulis ergoß sich auf die Straße. Sie taumelten und verdrehten die Augen im Sonnenlicht. Jeder einzelne von ihnen war wie benommen und starr vor Schreck.

Dann ertönte aus dem Hausinnern ein weiterer Schuß und wieder Gebrüll. Draußen begannen die Kulis in alle Richtungen davonzulaufen, einige huschten zu nahegelegenen Hauseingängen, andere liefen in Richtung des Hafens davon. Ich hörte weitere Befehle, dann das Geräusch von Gewehrkolben, die einen menschlichen Körper trafen, und schreckliches Wehklagen.

Angewidert wollte ich hinzutreten, als ein Kuli in Panik aus dem Haus rannte, zögerte, wild um sich blickte, eine blutende Hand hielt und dann in meine Richtung davonlief. Ich trat beiseite, um ihn vorbeizulassen; er schoß um die Ecke und verschwand. Aber ich hatte seine Pupillen gesehen. Der Mann stand unter Drogen. Nun begriff ich. Die Soldaten machten eine Razzia in einer lokalen Opiumhöhle.

Als ich ein Stöhnen hörte, trat ich wieder auf den Platz und sah, daß einer der Opiumraucher auf die Fliesen gefallen war. Er hatte an der Schulter eine üble Stichverletzung von einem Bajonett. Ich kniete neben ihn, riß sein Hemd auf und tat mein Bestes, um den Blutstrom zu stillen, während er mich entsetzt anstarrte und leises Stöhnen von seinen Lippen kam.

Stiefel trampelten aus dem Haus.

»Gütiger Gott, Mann, was machen Sie denn da?«

Ich blickte auf und sah den Leutnant aus dem Haus treten. Er wirkte äußerst selbstzufrieden.

»Dieser Bursche ist von einem Ihrer Soldaten verletzt worden«, erwiderte ich barsch. »Ich versuche, ihm zu helfen. War es denn notwendig, daß ...«

Der Leutnant betrachtete den Tagelöhner verächtlich. »Zweifellos hat er versucht, jemanden zu töten. Wie von Sinnen vom Opium – das sind sie alle. Seine eigenen Leute werden sich um ihn kümmern. Wir versuchen nur, ihnen eine Lektion zu erteilen.«

Mit Streifen aus dem Hemd des Mannes verband ich die Wunde so gut wie möglich. Er versuchte zu sprechen, doch dann schwanden ihm die Sinne. Hilflos versuchte ich, ihn aufzuheben, doch es gelang mir nicht.

Nun tauchten die Gurkhas auf und führten drei entsetzte Chinesen in schwarzen und roten Kutten mit sich; es waren zwei Männer und eine Frau, alle schlimm zugerichtet, vermutlich die Besitzer der Opiumhöhle.

Der Leutnant fuchtelte mit seinem Stöckchen in ihre Richtung. Er warf den Kopf zurück und sprach zu den leeren Fenstern und Türen. »Kein Opium mehr! Ihr verstehen! Opium schlecht! Diese Leute schlecht! Müssen ins Gefängnis. Wir lange Zeit einsperren. Verstehen?«

Ärgerlich pochte er mit dem Stöckchen an seine Reitstiefel. Er starrte mich an und öffnete den Mund, um zu sprechen.

»Ich werde versuchen, den Burschen hier ins Krankenhaus zu schaffen«, sagte ich. »Vielleicht kann mir jemand helfen?«

Der Offizier ergriff die Zügel seines Pferdes und blickte auf seine Soldaten, die die verängstigten Gefangenen weit fester hielten, als dies nötig gewesen wäre.

»Einer Ihrer Leute ...«, begann ich.

Der Leutnant bestieg sein Pferd. »Ich sagte es Ihnen schon, Sir: Seine eigenen Leute werden sich um ihn kümmern. Offensichtlich begreifen Sie die Bedingungen auf dieser Insel nicht ganz. Wir haben hier ein fürchterliches Opiumproblem. Es wird täglich schlimmer. Sie bauen lieber Mohn an statt Lebensmittel. Ich ...«

»Welchen Sinn hat ihr Leben denn sonst, Allsop?« Aus dem finsteren Eingang des durchsuchten Hauses kam eine müde, schleppende Stimme. Eine englische Stimme.

Leutnant Allsop drehte sich im Sattel um und schwenkte sein Stöckchen in Richtung des Sprechers, der nicht zu sehen war. »Sie halten sich da raus. Sie können froh sein, daß wir Sie nicht ebenfalls festgenommen haben.«

Eine Gestalt trat ins Sonnenlicht. Der Mann trug einen schmutzigen, verschossenen europäischen Anzug, ein zerknittertes Eingeborenenhemd, war barfuß, unrasiert, ausgezehrt und stand ganz offenkundig unter dem Einfluß von Opium. Ich kannte die Anzeichen nur allzugut, da ich selbst einmal vom Trost der Droge abhängig gewesen war. Sein Alter konnte ich nicht bestimmen, doch die Stimme war die eines jungen Mannes aus der oberen Mittelschicht.

»Ich hätte gedacht, Sie würden sich schämen ...« Abscheu stand in Allsops Gesicht.

»Wer sind Sie denn, ihnen ihr einziges Vergnügen zu nehmen, Allsop?« fragte der Fremde müde. »Lassen Sie sie um Himmels willen doch in Frieden!«

Leutnant Allsop wirbelte sein Pferd herum und brüllte seinen Männern einen Befehl zu. »Also, Abmarsch!« Er trabte davon, ohne dem hinfälligen Engländer zu antworten.

Ich beobachtete, wie die Gurkhas ihre verängstigten Gefangenen den Weg entlangführten, den sie gekommen waren.

Der Engländer zuckte mit den Schultern und drehte sich um, um in das Haus zurückzukehren.

»Nur einen Augenblick!« rief ich. »Ich muß versuchen, diesen Mann ins Krankenhaus zu schaffen. Er ist halbtot. Können Sie mir nicht behilflich sein?«

Der Engländer lehnte sich müde an den Türrahmen. »Glauben Sie mir, bei seinen Vorfahren wäre er besser aufgehoben.«

»Gerade eben dachte ich, Sie setzten sich für diese Menschen ein.«

»Ich setze mich nicht für sie ein, alter Junge. Ich bin Fatalist, wissen Sie. Ich sagte Allsop, er solle sie in Frieden lassen. Und Ihnen sage ich das gleiche. Was für einen Sinn hätte es? Er wird ohnehin bald sterben.«

Doch er trat aus dem Türrahmen heraus, schlurfte auf

den Platz und blinzelte ins Sonnenlicht. »Wer sind Sie überhaupt?«

»Ich bin Luftschiffoffizier. Ich bin vor etwa einer Woche hier gelandet.«

»Ach, der schiffbrüchige Matrose! Im Hotel wurde über Sie gesprochen. In Ordnung, ich werde Ihnen beim Tragen helfen, wozu immer es auch gut sein mag.«

Der opiumtrunkene Engländer war auch nicht kräftiger als ich, aber gemeinsam gelang es uns, den chinesischen Tagelöhner die Straße hinab und über den Kai zu tragen, bis wir das Krankenhaus erreichten.

Nachdem zwei Nonnen herbeigerufen worden waren und den Verwundeten fortgebracht hatten, stand ich keuchend in der Eingangshalle und starrte meinen Helfer neugierig an. »Danke!«

Er lächelte sanft. »Nichts zu danken. Nicht im geringsten. Cheerio!«

Er hob die Hand zu einer Art ironischem Salut und ging hinaus. Er war verschwunden, bevor Dr. Hira die Treppe herab in die Halle kam.

»Wer war dieser Bursche?« fragte ich Hira und beschrieb den heruntergekommenen Engländer.

Hira erkannte ihn nach der Schilderung. Er spielte an seinem Stethoskop. »Ein Gestrandeter wie Sie. Er kam mit dem Luftschiff, das die Bergleute fortbringen sollte. Er beschloß, auf Rowe Island zu bleiben. Warum, weiß ich nicht. Man hinderte ihn nicht; schließlich konnte statt dessen ein anderer mitkommen. Manchmal wird er der Hauptmann genannt, droben im Hotel. Er gibt an, Kommandant eines Handelsluftschiffes gewesen zu sein, das vor dem Krieg über China abstürzte. Das ist alles ein bißchen undurchsichtig.«

»Allsop mag ihn nicht.«

Hira lachte leise. »Nein, Allsop bestimmt nicht.

Hauptmann Dempsey läßt sich gehen, wie? Allsop verkörpert die Auffassung, daß die Europäer um jeden Preis den Schein wahren müssen.«

»Da wird Allsop sicher viel zu tun haben.« Ich wischte mir einen Blutfleck vom Ärmel.

»Ich glaube, er schläft niemals. Seine Frau ist mit den Leuten vom Bergwerk abgereist, wissen Sie ...« Hira warf einen Blick auf seine Uhr. »Nun, es ist fast Zeit fürs Abendessen. Fisch und Reis, wie immer, aber ich habe zwei Flaschen Bier aufgetrieben, falls Sie ...«

»Nein, danke«, lehnte ich ab. »Ich glaube, ich mache mich noch einmal auf den Weg zum Hotel.«

7

Toter Mann

Der Hafenort, in dem ich mich aufhielt, war die einzige richtige Siedlung auf der Insel. Sie hieß New Birmingham. Die Gebäude waren nahe am Wasser zusammengedrängt und mehrere Stockwerke hoch. Je weiter sie die Hänge hinaufkrochen, um so mehr wichen sie auseinander, als seien sie die Verkommenheit des Nachbarn leid, und wurden immer kleiner, bis sie ganz oben kaum mehr darstellten als in den Bergfalten nistende einzelne Hütten.

Über dem Hüttenviertel endete der Hügel sanft und bildete das kleine Plateau, auf dem der Aeropark erbaut worden war. Olmeijers Hotel stand am Rand des Aeroparks, der nun einsam und pflanzenüberwuchert dalag. Ich konnte mir vorstellen, daß der junge Leutnant Allsop das Hotel gut fand, den es versuchte ganz offenkundig, ›den Schein zu wahren‹. Sein großes goldenes Schild war glänzend poliert, und seine prächtige viktorianische Holzarchitektur hatte offensichtlich erst vor kurzem einen frischen weißen Anstrich erhalten. Das Haus wirkte hier völlig deplaziert.

Der Aeropark wurde beherrscht von einem rostigen Schiffsmast in seinem Zentrum. Auf der einen Seite der Anlage erstreckte sich ein kleiner Hangar, dessen grauer Anstrich abblätterte, und neben ihm erhob sich eine Stange, von der ein zerrissener und schmutziger Windsack herabhing. In der Nähe der Stange standen wie Skelette riesiger außerirdischer Insekten die Überreste von zwei Hovergyros, von denen man fast alle wesentlichen Teile abgebaut hatte. Auf der anderen Seite des Hangars befand sich der Rumpf eines kleinen Einsitzerflugzeugs, vermutlich das Eigentum eines längst verstorbenen Sportsmannes, das man auf gleiche Weise ausgeschlachtet hatte. Die Insel schien von einer Vielfalt von Wracks bevölkert zu sein. Sie schien sich von Leichen zu ernähren, einschließlich (wie in Allsops Fall) der Leichen hinfälliger Vorstellungen.

Nach einem Blick auf die verlassenen Verwaltungs- und Kontrollgebäude, mit dem ich mich vergewisserte, daß sie unbewohnt waren, schlug ich den Weg zum Hotel ein.

Ich stieß zwei gut geölte Schwingtüren auf und trat in die Eingangshalle.

Sie war sauber, geschrubbt, poliert und kühl. Ein malaiischer Hausboy bediente den Strang eines an der Decke angebrachten großen Fächers. Er blies mir Luft ins Gesicht, als ich eintrat. Nach der Hitze draußen war ich dankbar dafür, gleichzeitig jedoch auch erheitert über die kühle Unstimmigkeit. Ich nickte dem Malaien zu, der mich nicht zu beachten schien, und schritt, da ich am Empfang niemanden sah, in die angrenzende Bar.

Im dunklen Dämmerschein hielten sich zwei Männer auf. Einer saß hemdsärmelig hinter der Bar und las ein Buch, während der andere in der gegenüberliegenden Ecke, wo Balkontüren zur Veranda führten, Gin Fizz trank. Jenseits der Fenster konnte ich den Aeropark und dahinter die dicht bewaldeten Berghänge erkennen.

Als ich mich auf einen Schemel an der Bar setzte, legte der Mann sein Buch weg und blickte mich einigermaßen überrascht an. Er war außerordentlich dick, und sein feistes rotes Gesicht war in Schweiß gebadet. Die hochgerollten Hemdsärmel enthüllten eine Vielzahl von Tätowierungen der gepflegteren Art. An wulstigen Fingern steckten mehrere Goldringe. Er sprach mit tiefem, kehligem Akzent.

»Was kann ich für Sie tun?«

Ich hob entschuldigend an: »Ich habe leider kein Geld bei mir, deshalb ...«

Der Mann setzte ein breites Grinsen auf. »Ja. Kein Geld! Was für ein Jammer!« Einen Augenblick lang schüttelte er sich vor Lachen. »Also, was möchten Sie trinken? Ich werde es anschreiben, hm?«

»Sehr nett von Ihnen. Ich nehme einen Cognac.« Ich stellte mich vor. »Sind Sie der Hotelbesitzer?«

»Ja. Natürlich bin ich Olmeijer.« Er schien ungewöhnlich stolz auf diese Tatsache. Er holte ein großes Kassenbuch unter der Theke hervor, schlug eine frische Seite auf und schrieb meinen Namen darüber. »Ihre Rechnung«, sagte er. »Wenn die Lage sich bessert, können Sie bezahlen.« Er drehte sich um, um eine Flasche Cognac herunterzuholen.

»Ich glaube, bei Ihnen wohnt ein gewisser Shawcross«, erkundigte ich mich.

»Ja, Shawcross.« Er stellte mir einen großen Cognac auf die Bar. »Zwanzig Cents. Wird angeschrieben.« Er machte eine Eintragung in das Kassenbuch und legte es wieder beiseite.

Es war guter Cognac. Vielleicht schmeckte er noch besser, weil es mein erster Drink seit Singapur war. Ich genoß ihn.

»Aber Shawcross«, sagte Olmeijer mit einem Zwinkern und einer entsprechenden Daumenbewegung, »ist in die Berge hinaufgezogen.«

»Und Sie haben keine Ahnung, wann er zurückkommt?«

Ich hörte einen der Weidensessel über den glänzenden Boden kratzen, dann kamen Schritte näher. Ich drehte mich um. Es war der Mann, der am Fenster gesessen hatte. Er hielt sein leeres Glas in der Hand.

»Shawcross wird zurückkommen, wenn der Gin, den er von Mister Olmeijer geborgt hat, zu Ende geht.«

Er war ein tief gebräunter magerer Mann Mitte Fünfzig in einem khakifarbenen Buschhemd und weißen Shorts. Er hatte einen schmalen ergrauenden Schnurrbart, und in seinen blauen Augen schien ein ständiger Funke von Ironie zu schwelen. »Mein Name ist Greaves«, sagte er, als er neben mich an die Bar trat. »Sie müssen der Luftschiffbursche sein, den man in dem Einbaum gefunden hat. Singapur, was? Muß schrecklich gewesen sein.«

Greaves erzählte mir, daß er zurückgelassen worden war, um die Interessen der Welland Rock Phosphate Company zu wahren, während die übrigen weißen Angestellten nach England oder Australien heimgekehrt waren. Er war ganz begierig darauf, etwas über den Angriff auf Singapur zu erfahren. Knapp, denn die Erinnerung war immer noch schwer zu ertragen, erzählte ich ihm, was geschehen war.

»Ich kann es immer noch nicht glauben«, schloß ich. »Es bestand doch ein Friedensvertrag.«

Er lächelte bitter und nippte an seinem Drink. »Alle hatten Friedensverträge, oder nicht? Wir hatten den Krieg ausgerottet, nicht wahr? Aber so wie die menschliche Natur nun einmal ist ...« Er blickte empor zu der Flaschenreihe vor ihm. »Verdammte Japsen! Ich wußte, daß sie früher oder später etwas anzetteln würden. Gieriges Pack!«

»Die Japaner hätten doch nicht ihre eigenen ...«, setzte Olmeijer an. Greaves unterbrach ihn mit einem scharfen Lachen.

»Ich weiß nicht, wie diese Stadt in die Luft gejagt wurde, aber das war der Anlaß, den alle brauchten, um den Streit zu beginnen.« Er führte sein Glas an die Lippen. »Vermutlich werden wir niemals erfahren, wie es geschah oder wer es getan hat. Aber das ist auch müßig. Selbst wenn das nicht geschehen wäre, würden sie inzwischen kämpfen.«

»Ich wünschte, Sie hätten recht!«

Ich erkannte die neue Stimme wieder und drehte mich um, als Dempsey müde an die Bar schlurfte. Er nickte mir und Greaves zu und legte eine schmutzige Hand auf den Tresen. »Einen großen Scotch, bitte, Olmeijer.«

Der Holländer schien über die Ankunft seines letzten Gastes nicht erfreut zu sein, doch er goß den Drink ein und trug den Preis sorgfältig in sein Kassenbuch ein.

Es trat betretene Stille ein. Obgleich er sich in unser Gespräch gemischt hatte, schien Dempsey nicht bereit, seine Bemerkung auszuführen.

»Guten Tag, Dempsey«, begrüßte ich ihn.

Er lächelte schwach und rieb sich das unrasierte Kinn. »Hallo, Bastable! Ziehen Sie hier ein?«

»Ich suchte Shawcross.«

Er nahm einen tiefen Zug aus seinem Glas. »Eine Menge Leute suchen Shawcross«, sagte er geheimnisvoll.

»Was meinen Sie damit?«

Er schüttelte den Kopf. »Gar nichts.«

»Noch einen Drink, Bastable?« fragte Greaves. »Trinken Sie einen auf meine Rechnung.« Und mit gewisser Überwindung: »Und Sie, Dempsey?«

»Danke.« Dempsey trank aus und stellte sein Glas auf die Theke zurück. Olmeijer goß noch einen Gin, einen Cognac und einen Scotch ein.

Greaves zog eine Schachtel Zigarillos aus der Hemdentasche und bot sie uns der Reihe nach an. Olmeijer und Dempsey nahmen an, ich lehnte ab. »Was meinten Sie gerade?« fragte Greaves Dempsey. »Ihnen macht das alles sicher gar nichts aus. Ich dachte, Sie wären so ein Typ von orientalischem Fatalismus.«

Dempsey wandte sich ab. Einen Augenblick lang hatte in seinen toten Augen schrecklicher Kummer aufgeleuchtet. Er trug sein Glas zu einem nahestehenden Tisch und setzte sich. »Das bin ich ja auch«, sagte er.

Aber Greaves ließ nicht locker. »Sie waren doch nicht in Japan, als die Bombardierungen begannen, oder?«

Dempsey schüttelte den Kopf. »Nein, in China.« Ich bemerkte, daß seine Hände zitterten, als er das Glas zum Mund hob, und er schien leise etwas vor sich hinzumurmeln. Ich glaubte, die Worte »Gott vergebe mir« zu hören. Er trank schnell aus, stand auf und schlurfte zur Tür. »Danke, Greaves. Bis später.«

Sein ausgezehrter Körper verschwand, und ich sah, wie er die Holztreppen emporzusteigen begann, die von der Halle hinaufführten.

Greaves zog verwirrt die Augenbrauen hoch. Er zuckte mit den Schultern. »Ich glaube, Dempsey ist, wie wir früher sagten, zu einem ›Inselfall‹ geworden. Wir hatten ein paar davon, die dann unter den Eingeborenen lebten oder wie er Opium nahmen. Das Zeug bringt ihn natürlich um, und er weiß das. Es würde mich nicht wundern, wenn er kein halbes Jahr mehr überlebt.«

»Ich hätte ihm mehr gegeben«, sagte ich mitfühlend. »Ich kannte Opiumraucher, die bis ins hohe Alter lebten.«

Greaves zog an seiner Zigarillo. »Es liegt nicht nur am Opium, wie? Ich meine, es gibt so etwas wie eine *Bereitschaft* zu sterben. Sie wissen das ebensogut wie ich.«

Ich nickte ernüchtert. Ich selbst hatte solche Wünsche schon einmal empfunden.

»Ich möchte wissen, wodurch das ausgelöst wurde«, grübelte Greaves. »Vielleicht eine Frau. Er war Luftschiffoffizier, wissen Sie. Vielleicht hat er sein Schiff verloren, es im Stich gelassen oder so etwas ...«

Olmeijer grunzte und blickte von seinem Buch auf. »Er ist einfach nur ein Schwächling. Einfach schwach, das ist alles.«

»Schon möglich.« Ich stand auf. »Ich glaube, ich werde mich nun auf den Rückweg machen. Haben Sie etwas dagegen, wenn ich morgen wiederkomme? Ich wäre ganz gerne hier, wenn Shawcross zurückkommt.«

»Bis morgen dann.« Greaves hob zum Gruß die Hand. »Ich wünsche Ihnen viel Glück, Bastable.«

An jenem Abend speiste ich mit Hira zusammen Fisch und Obst. Ich erzählte ihm von meiner Unterhaltung im Hotel und meiner zweiten Begegnung mit Dempsey. Seine frühere Bemerkung hatte meine Neugier geweckt, und ich fragte Hira, ob er irgend etwas über Dempseys Gründe wußte, auf der Insel zu bleiben.

Hira wußte wenig Neues über den Opiumesser zu berichten. »Ich weiß nur, daß er in besserer Verfassung war, als er hier ankam. Ich habe mit der europäischen Gemeinde nicht viel zu tun, wie Sie vielleicht schon bemerkt haben.« Er schaute mich ironisch an. »Engländer beginnen häufig, sich eigentümlich zu betragen, wenn sie ein paar Jahre im Osten waren. Vielleicht haben sie Schuldgefühle, weil sie uns ausbeuten, wie?«

Ich wollte mich dazu nicht äußern, und wir beendeten unsere Mahlzeit in relativer Stille. Nach dem Essen lehnten wir uns in unsere Stühle zurück und rauchten und sprachen über den Zustand des chinesischen Tagelöhners, den ich gefunden hatte. Hira berichtete mir, daß er ziemlich schnell genas. Ich wollte gerade aufstehen und zu Bett gehen, als sich plötzlich die Tür öffnete und eine Nonne in Hiras Zimmer stürzte. »Doktor, schnell, es ist Shawcross!« Sorge stand in ihrem Gesicht. »Er ist überfallen worden. Ich glaube, er stirbt.«

Wir rannten hinunter in die kleine Eingangshalle des Hospitals. Im Schein der Öllampe sah ich Olmeijer und Greaves stehen. Ihre Gesichter waren bleich und angespannt, und sie starrten hilflos auf etwas, das auf der improvisierten Bahre lag, die sie nun auf dem Boden absetzten. Sie mußten sie den ganzen Weg vom Hotel her getragen haben.

Hira beugte sich hinunter und untersuchte den Mann auf der Bahre. »Mein Gott!« rief er aus.

Greaves berichtete mir: »Er ist vor etwa einer Stunde auf die Treppe vom Hotel geworfen worden. Ich denke, irgendein Chinese wollte seine Frau wiederhaben oder vielleicht seine Tochter, die mit Shawcross davongelaufen war. Ich weiß es nicht.« Mit finsterer Miene wischte er sich mit dem Taschentuch übers Gesicht. »Vor diesem elenden Krieg wäre so etwas nicht möglich gewesen ...«

Ich brachte kaum ein Wort hervor, als ich den geschundenen Körper auf der Bahre richtig sehen konnte. »Armer Teufel!«

Hira richtete sich auf und schaute mich vielsagend an. Für Shawcross bestand keine Chance mehr. Er wandte sich an Greaves und Olmeijer. »Können Sie die Bahre bitte zur Station bringen?«

Ich ging hinterdrein, als die beiden Männer die Bahre wieder aufhoben und die kurze Treppe zur Station hinaufstiegen. Ich half den Schwestern, ihn ins Bett zu legen, aber es war unverkennbar, daß man ihm offensichtlich jeden Knochen im Leib gebrochen hatte. Er war kaum noch als menschliches Wesen zu erkennen. Man hatte sich Zeit gelassen, ihn zusammenzuschlagen, und er würde nicht mehr lange zu leben haben.

Hira begann, eine Spritze aufzuziehen. Der verstümmelte Mann schlug die Augen auf und sah uns. Seine Lippen bewegten sich.

Ich beugte mich über ihn.

»Dreckige Gelbhäute ... elendes Weib ... für mich getan. Haben uns in der Mine aufgestöbert ... Die Laken ... O Gott ... die blutigen Keulen ...«

Hira gab ihm eine kräftige Injektion. »Kokain«, erklärte er mir. »Mehr können wir kaum noch für ihn tun.«

Ich sah zum Nachbarbett hinüber und beobachtete, wie der Kuli, den ich geborgen hatte, mit dem Ausdruck stiller Zufriedenheit herüberblickte.

»Könnte das nicht eine Art Vergeltungsschlag gewesen sein?« fragte ich Hira.

»Wer weiß?« Hira blickte auf den Australier hinab, als dieser wieder die Augen schloß.

Greaves drückte die Faust an die Lippen und räusperte sich. »Ich überlege, ob man es Nesbit mitteilen müßte ...« Er schaute auf Shawcross hinab und schürzte die Lippen. »Wenn Allsop davon erfährt, wird die Hölle los sein.«

Hira wirkte erheitert. »Es könnte das Ende bedeuten.«

Nachdenklich rieb sich Olmeijer den Hals. »Muß er es überhaupt erfahren?«

»Der Mann ist überfallen worden«, sagte ich. »Noch etwa zwei Stunden, und der Tatbestand des Mordes wird erfüllt sein. Er kann die Nacht nicht überleben.«

»Wenn Allsop erst einmal zu wüten beginnt, alter Junge, haben wir alle eine gute Chance, umgebracht zu werden«, erklärte Greaves. »Allsop wird die Malaiien und Chinesen so reizen, daß sie sich gegen uns kehren müssen. Es ist nicht mehr wie in den alten Zeiten. Was kann schon ein Dutzend kläglicher Gurkhas gegen tausend Kulis ausrichten?«

In Hiras Augen funkelte eine Spur Bosheit. »Sie möchten also nicht, daß ich diesen Vorfall dem offiziellen Regierungsvertreter melde, meine Herren?«

»Lieber nicht«, meinte Greaves. »Wir halten alle den Mund, wie?«

Ich sah zu, wie eine Schwester das Blut von Shawcross' Körper wusch. Er war nun unter dem Einfluß des Kokains völlig weggetreten. Ich trat zu der Tür der Station, zündete mir eine Zigarette an und beobachtete, wie die Mücken und Falter um die Öllampe in der Halle schwirrten. Von jenseits der Tür hörte man, wie die Brandung an die Kaimauer spülte. Das Geräusch wirkte nun nicht mehr friedlich. Vielmehr war die Stille unheildräuend geworden. Als die anderen drei Männer zu mir traten, nickte ich mit dem Kopf.

»Nun gut«, sagte ich. »Ich werde schweigen.«

Am nächsten Morgen war New Birmingham totenstill. Ich ging durch leere Straßen. Ich hatte das Gefühl, daß tausend Augenpaare mich beobachteten, während ich zum Aeropark hinaufstieg.

Ich schaute nicht erst ins Hotel. Es war sinnlos geworden zu hoffen, Shawcross dort zu treffen. Er war während der Nacht im Krankenhaus gestorben. Ich ging am Hotel vorbei. Ich blieb neben einem der ausgeschlachteten Hovergyros stehen und trat gegen einen abgebrochenen Rotor, der auf dem unkrautüberwucherten Beton bei der Maschine lag. Aus dem Wald hinter mir erklangen die Laute der Morgendämmerung. Um diese Zeit waren noch einige Nachttiere unterwegs, und die Tagbewohner erwachten allmählich. Nashornvögel, Kakadus, Drosseln und Tauben flatterten zwischen den Bäumen umher und erfüllten die Luft mit Gesang und Farbe. Sie schienen irgend etwas zu feiern, vielleicht das Ende der Besetzung der Insel durch den Menschen. Der Duft des Waldes hing schwer in der Luft, es roch nach den Fährten der Tiere und vermodernden Bäumen. Ich hörte das Kreischen von

Gibbons und sah winzige Spitzmäuse über Baumäste huschen, an denen noch der Tau hing. An der Mauer des Hangars betrachteten mich kalt die gierigen Augen von Echsen, als hätte ich dort nichts zu suchen.

Ich steuerte auf das Gebäude zu, das einmal das Kontrollzentrum beherbergt haben mußte und wo der Ermordete sein Funkgerät eingeschlossen hatte, bevor er zu seiner letzten Orgie aufgebrochen war.

Vor der Abreise des Luftschiffpersonals war das ganze Gebäude versiegelt worden. Vor den Fenstern aller drei Stockwerke waren Stahlläden angebracht worden, und es würde besondere Werkzeuge und viel Mühe erfordern, dort hineinzugelangen. Alle Türen waren verschlossen und vergittert, und ich konnte sehen, daß mehrere Versuche, sie aufzubrechen, gescheitert waren.

Immer wieder ging ich um das Betongebäude herum, rüttelte erfolglos an Läden und Türklinken. Die scharrenden Geräusche aus dem Wald schienen meine Hilflosigkeit zu verhöhnen, und schließlich blieb ich an einer Tür stehen, die offensichtlich noch kürzlich benutzt worden war. Ich drückte noch einmal die Klinke, lehnte mich dann gegen den Rahmen und schaute zurück auf den zerfallenen Aeropark mit den zerbrochenen Skeletten der Flugmaschinen und seinem rostenden Mast und dem Hotel dahinter. Die Sonne blitzte auf Olmeijers Goldschild: ROYAL AIRPARK HOTEL stand darauf und DAS BESTE HAUS AM PLATZE.

Ein wenig später trat jemand durch die Glastüren der Bar und blieb auf der Veranda stehen. Dann sah er mich und begann langsam durch das hohe Gras auf mich zuzukommen.

Ich erkannte die Gestalt und runzelte die Stirn. Was konnte er wollen?

8

Der Funkspruch

Es war natürlich Dempsey. Er hatte sich rasiert und einen etwas ordentlicheren Anzug als am Vortag angezogen, doch darunter trug er das gleiche zerfetzte Eingeborenenhemd. An seinen Pupillen sah ich, daß er seine erste Opiumpfeife noch nicht gehabt hatte.

Er schlurfte auf mich zu und hustete in der relativ kühlen Morgenluft. »Ich habe von Shawcross gehört«, sagte er. Er schritt über den gerissenen Asphalt, blieb dann stehen und schaute mich an.

Ich bot ihm eine Zigarette an, die er aus meinem Etui klaubte, und er zitterte, als ich ihm Feuer gab.

»Sie wußten, daß die Chinesen hinter Shawcross her waren, nicht wahr?« fragte ich ihn. »Das hatten Sie gemeint, als Sie gestern sagten, eine Menge Leute suchen nach ihm.«

»Gestern? Ich kann mich nicht erinnern.« Er paffte an der Zigarette und sog den Rauch tief in die Lungen.

»Sie hätten ihn retten können, Dempsey, wenn Sie rechtzeitig jemanden gewarnt hätten.«

Er richtete sich ein wenig auf und blickte mit scheinbar erheitertem Blick in Richtung der Wälder. »Andrerseits hätte ich jedermann größeren Schaden zufügen können. Ein gesellschaftliches Bewußtsein ist ein ganz netter Luxus, nicht wahr, Bastable?« Er tastete in seine Tasche. »Ich kam, um Ihnen das zu geben. Ich fand es auf der Treppe.« Er streckte mir einen Schlüssel hin. »Muß aus Shawcross' Tasche gefallen sein, als sie ihn dort hinwarfen.«

Ich zögerte, ehe ich den Schlüssel entgegennahm. Dann drehte ich mich um und probierte ihn in dem Schloß aus. Die Gewirre sprangen klickend zurück, und die Tür schwang auf. Aus dem Innern strömte ein Geruch nach altem Schnaps und verbranntem Gummi.

»Alles, was Shawcross hinterlassen hat, ist sein Gestank«, sagte Dempsey. »Ich nehme an, Sie versuchen nun, über Funk Hilfe zu holen.«

»Ich werde es versuchen«, sagte ich. »Wenn ich nach Darwin durchkomme, werde ich darum bitten, das erste zur Verfügung stehende Luftschiff umzuleiten, um mich abzuholen und jeden, der sonst noch die Insel verlassen möchte.«

»Sagen Sie lieber, es wäre ein Notfall.« Dempsey winkte mit vager Handbewegung in Richtung auf den Ort. »Machen Sie nicht viel Federlesens damit. Inzwischen gibt es ein Halbdutzend Anlässe für einen Aufstand. Wenn Allsop herausfindet, was aus Shawcross geworden ist, wird es noch einen mehr geben. Die Chinesen sind in der Stimmung, alle Malaien abzumurksen, und wenn die Weißen sich einmischen, werden sie sich wahrscheinlich verbünden und uns zuerst umbringen. Das ist die Wahrheit.« Der Hauch eines Lächelns erschien auf seinen Lippen. »Ich weiß es. Ich stehe schließlich mit den Eingeborenen in engerem Kontakt als die meisten. Shawcross war nur der Anfang.«

Ich nickte. »In Ordnung. Ich werde es nach Darwin weitergeben.«

»Wissen Sie, wie man ein Funkgerät bedient?«

»Ich habe es während meiner Ausbildung ein bißchen gelernt.«

Dempsey folgte mir in das düstere Innere des Büros. Hier herrschte ein schmutziges Durcheinander von leeren Bierdosen, Flaschen und abgebrochenen Teilen einer

Funkausrüstung. Er öffnete die Fensterläden, und Licht fiel durch die staubigen Fenster. Ich sah in einer Ecke einen Apparat, bei dem es sich um das Funkgerät handeln mußte, und bahnte mir meinen Weg durch das Chaos am Boden.

Dempsey zeigte mir die Pedale unter der Bank. Ich setzte mich und stellte meine Füße darauf. Sie drehten sich zuerst langsam, dann leichter.

Dempsey inspizierte die Anlage. »Scheint allmählich warm zu werden«, sagte er. Er begann, an den Anzeigen zu hantieren. Aus den Hörern erscholl ein leises Knakken. Er setzte sie auf, lauschte und schüttelte den Kopf. »Wahrscheinlich die Röhren. Lassen Sie es mich mal versuchen.«

Ich stand auf, und Dempsey ließ sich auf dem Stuhl nieder. Nach einer Weile fand er einen Schraubenzieher und schraubte die Verschalung ab. »Wie ich mir dachte – es liegt an den Röhren«, sagte er. »Hinter Ihnen auf der anderen Bank muß eine Schachtel mit Ersatzröhren stehen. Würden Sie die mal rüberbringen?«

Ich fand die Schachtel und stellte sie neben ihn, während er weiterarbeitete.

»Haben Sie die Funkerei auf dem Luftschiff gelernt?« fragte ich ihn.

Er preßte die Lippen aufeinander und fuhr mit seiner Arbeit fort.

»Wie sind Sie eigentlich hier gelandet?« bohrte ich weiter, da meine große Neugier mein Taktgefühl überwältigte.

»Das geht Sie einen Scheiß an, Bastable. So, jetzt müßte es gehen.« Er schraubte die letzte Röhre ein, begann die Pedale zu bedienen, doch dann fiel er hustend in den Stuhl zurück. »Einfach zu schwach«, sagte er. »Besorgen Sie besser die Beinarbeit, wenn es Ihnen recht ist …« Er verfiel in einen neuen Hustenanfall, als er aufstand und ich seinen Platz einnahm.

Während ich die Pedale trat, drehte er wieder an den Anzeigen, bis wir durch die Kopfhörer eine schwache Stimme vernahmen. Dempsey stülpte sie sich über und rückte das Mikrofon zurecht. »Hallo, Darwin. Hier spricht Rowe Island. Over.« Er drehte an einem Knopf.

Er kippte einen Schalter und sprach ungeduldig ins Mikrofon. »Nein, tut mir leid. Ich kenne unser verdammtes Rufzeichen nicht. Vielmehr ist unser Funker umgebracht worden. Nein, wir sind keine Militärbasis. Hier spricht Rowe Island im Indischen Ozean, die Zivilbevölkerung ist in Gefahr.«

Während ich weiter mit den Pedalen den Generator antrieb, erklärte Dempsey Darwin unsere Lage. Es entstand einige Verwirrung, eine Wartezeit von etwa zwanzig Minuten, während der Funker seine Vorgesetzten konsultierte, noch größere Verwirrung bei der Lokalisierung der Insel, und schließlich lehnte Dempsey sich zurück und seufzte. »Danke, Darwin.«

Während er sich die Kopfhörer abzog, schaute er zu mir herab. »Sie haben Glück. In ein oder zwei Tagen kann eines ihrer Patrouillenschiffe hier sein, sofern es nicht abgeschossen worden ist. Sie sollten den anderen Bescheid sagen, damit sie ihre Sachen packen und sich bereithalten.«

»Ich bin Ihnen sehr dankbar, Dempsey«, sagte ich. »Ich glaube kaum, daß ich ohne Sie durchgekommen wäre.«

Die Schwierigkeiten mit dem Funkgerät hatten ihn erschöpft. Er stand auf und begann in dem Büro herumzuwühlen, bis er eine fast volle Flasche Rum fand. Er schraubte sie auf, nahm einen ausgiebigen Schluck und streckte sie dann mir hin.

Ich nahm und nippte keuchend an dem Rum. Es handelte sich um ziemlich scharfes Zeug. Ich gab ihn zurück und beobachtete mit gewisser Hochachtung, wie er ihn austrank.

Wir verließen das Büro und schlenderten über den Aeropark. Als wir uns dem Mast näherten, blieb er stehen und blickte durch die Träger empor. Der Passagierlift stand oben, vermutlich von der letzten hastig an Bord des Schiffes gegangenen Gruppe so gelassen, als dieses die Mehrheit der Europäer von der Insel gebracht hatte. »Der wird nichts mehr taugen«, sagte er. »Keiner da, ihn zu bedienen, selbst wenn er in anständigem Zustand wäre. Das Schiff wird am Boden landen müssen. Das wird ganz schön schwierig werden. Da werden alle mit anpacken müssen.«

»Werden Sie mir helfen?«

»Wenn ich bei Bewußtsein bin.«

»Ich habe gehört, Sie befehligten einmal ein Luftschiff«, sagte ich.

Sogleich bedauerte ich meine Neugier, denn ein eigentümlicher Ausdruck schmerzlicher Erheiterung trat in sein Gesicht. »Ja. Ja, das tat ich. Allerdings nur sehr kurze Zeit.«

Ich ließ das Thema ruhen. »Kommen Sie, ich spendiere Ihnen einen Drink.«

Olmeijer saß an seinem üblichen Platz hinter der Bar und las in seinem Buch. Greaves war nicht da. Der Holländer blickte hoch und nickte uns zu. Er erwähnte den Vorfall vom vorangegangenen Abend mit keinem Wort, und ich sprach ihn auch nicht an. Ich erzählte ihm, daß es uns gelungen war, nach Darwin durchzukommen, und daß man ein Luftschiff schicken wolle. Er zeigte sich unbeeindruckt. Ich glaube, er genoß seine Rolle als letzter Hotelier auf der Insel. Er wollte lieber Kunden haben, die nicht zahlen konnten, als gar keine Kunden. Dempsey und ich zogen mit unseren Drinks an einen Tisch in Nähe des Fensters.

»Sie sind eine große Hilfe gewesen, Dempsey«, sagte ich.

Über sein Glas hinweg blickte er mich zynisch an. »Eine Hilfe? Vielleicht leiste ich Ihnen einen Bärendienst. Möchten Sie wirklich zurück in das ganze Durcheinander?«

»Ich halte es für meine Pflicht.«

»Pflicht? Um die letzten Überreste eines heruntergekommenen Imperialismus zu stützen?«

Es war das erste Mal, daß ich von ihm so etwas wie eine politische Meinung hörte. Ich war überrascht. Er klang ein bißchen wie ein Roter, dachte ich. Mir fiel keine Antwort ein, die nicht unhöflich gewesen wäre.

Er stürzte den Rest seines Scotch hinunter und starrte hinaus über den Aeropark. Er sprach wie mit sich selbst. »Das alles ist eine Frage der Macht und nur selten eine Frage der Gerechtigkeit.« Er sah mich scharf an. »Spielen Sie mir nicht den Gönnerhaften, Bastable. Ich brauche Ihre Freundlichkeit nicht, danke. Wenn Sie wüßten ...« Er verstummte. »Noch einen?«

Ich sah zu, wie Dempsey schwankend zur Bar ging und neue Drinks holte. Er brachte sie fast widerwillig zurück.

»Es tut mir leid«, sagte ich. »Es ist nur ... nun, vieles scheint Sie zu belasten. Ich dachte, ein mitfühlender Zuhörer ...«

In seinen Augen stand nun ein ganz merkwürdiger Ausdruck. »Mitfühlend? Ich frage mich, wie mitfühlend Sie bleiben würden, wenn ich Ihnen tatsächlich erzählte, was ich auf dem Herzen habe. Wir haben Krieg, Bastable. Ich hörte Sie gestern Vermutungen darüber anstellen, wie er seinen Anfang nahm. Ich weiß, wie der Krieg begann. Ich weiß auch, wer ihn begann. Es war ein verdammter Unfall.«

Ich hielt einen erstaunten Ausruf zurück und wartete darauf, mehr zu hören, aber Dempsey lehnte sich in den Weidensessel zurück und schloß die Augen; seine Lippen zuckten, als spräche er mit sich selbst.

Ich holte ihm noch einen Drink, doch als ich zurückkam, war er bereits eingeschlafen. Ich ließ ihn schlafen und ging zu Olmeijer an die Bar.

Kurz darauf trat Greaves ein. Er wirkte müde, als hätte er nicht geschlafen, seit ich ihn zum letzten Mal gesehen hatte.

»Geben Sie mir einen dreifachen Gin, Olmeijer, schnell. Morgen, Bastable. Ich würde Ihnen nicht raten, allein durch die Stadt zurückzugehen. Es herrscht großes Durcheinander. Banden von Malaien und Chinesen bekämpfen einander. Brandstiftung, Vergewaltigung und Mord, wohin man blickt.«

»Hat Allsop herausgefunden, was ...«

»Noch nicht, aber alle anderen wissen es. Er wird es bald erfahren. Den Chinesen gelang es vergangene Nacht, ein malaiisches Schiff zu stehlen und sich damit davonzumachen; vermutlich haben die Mörder des armen Shawcross so ihren Abgang organisiert. Die Malaien ließen sich an ein paar chinesischen Familien aus. Und die Chinesen suchten Vergeltung. Ich glaube, diesmal ist die Sache ganz schön brenzlig.«

Ich berichtete ihm von dem Funkspruch nach Darwin und daß vermutlich ein Schiff käme. Er wirkte mehr als erleichtert. »Sie sollten einen Ihrer Burschen nach New Birmingham schicken, Olmeijer. Tragen Sie ihm auf, daß er allen Bescheid sagt: Sie sollen so schnell wie möglich hier heraufkommen.«

Brummelnd wälzte Olmeijer sich hoch, um nach einem Diener zu suchen.

Greaves schlenderte zur anderen Seite der Bar. »Ich glaube, eine weitere Runde ist fällig auf Kosten des Hauses. Bastable?« Ich nickte. »Dempsey?«

Ich sah, daß Dempsey aufgewacht und auf dem Weg zur Tür war. Er schüttelte den Kopf und sagte mit schiefem, verkniffenem Lächeln: »Ich habe noch etwas in der Stadt zu erledigen. Cheerio!«

»Es ist gefährlich«, sagte ich.

»Mir passiert schon nichts. Bis hoffentlich später, Bastable.«

Wir sahen ihm nach, wie er hinausging.

»Armer Teufel«, meinte Greaves. Ihn schauderte, und er kippte seinen Gin.

9

Hoffnungen auf Rettung

Am Nachmittag kam Allsop zum Hotel herauf und fragte mißtrauisch nach Shawcross. Wir sagten, wir hätten gehört, er hätte irgendeinen Unfall gehabt. Natürlich glaubte er uns nicht, doch er hatte in der Stadt alle Hände voll zu tun und konnte sich nicht die Zeit lassen, uns weiter zu befragen. Er hatte ein paar Geistliche und einige chinesische Nonnen von der katholischen Mission zum Hotel geleitet. Sie saßen zusammengekauert in der entferntesten Ecke der Bar und sprachen kaum mit uns. Nesbits Sekretär, ein eifriger rundgesichtiger Bengale, hatte Allsop begleitet und verharrte fast unablässig am Fenster, als erwartete er, daß das Luftschiff jeden Augenblick käme. Ich fragte Allsop nach Dempsey, worauf der Offizier mich finster anschaute und murmelte, Dempsey sei mit einigen chinesischen ›Rebellen‹ gesehen worden und würde sich bald in richtige Schwierigkeiten mit den Behörden bringen, wenn er nicht aufpaßte. Ich erfuhr ebenfalls, daß Hira ebenso wie die meisten seiner Nonnen beschlossen hatten, im Krankenhaus auszuharren.

Bis zum Abend waren ein paar weitere Leute eingetroffen, einschließlich zweier irischer Priester, die sich zu den anderen in der Ecke gesellten. Olmeijer wirkte begeistert, so viele neue Gäste zu haben, und watschelte umher, um dafür zu sorgen, daß Zimmer für sie hergerichtet wurden. Sogar ich bekam ein Zimmer im zweiten Stock.

Allsop kehrte zurück und sah erschöpft und wütend aus. Seine sonst so saubere Uniform war staubig, und er hatte einen Bluterguß über dem rechten Auge. Er schien

Greaves und mich für seine Schwierigkeiten verantwortlich zu machen und wollte bei seinem zweiten Besuch kein Wort mit uns wechseln. Er hatte drei seiner Zwölf-Mann-Armee zu unserem Schutz abgestellt. Der Rest blieb in der Stadt, um ›die Ordnung aufrechtzuerhalten‹ (obgleich davon nach dem Lärm, der heraufdrang, wenig zu bemerken war) und zum Schutz des Amtssitzes des Regierungsvertreters. Brigadekommandeur Nesbit hatte sich nämlich, zusammen mit seinem Diener, entschlossen, zu bleiben.

Allsop ritt kurz darauf zurück. Er war allein und saß so steif wie immer, als er sein Pferd den Hügel hinablenkte, um in der Dunkelheit und dem Getöse im Tal zu verschwinden. Ich glaube nicht, daß man ihn lebend wiedergesehen hat.

Bis Mitternacht waren alle Damen und Herren von der Geistlichkeit zu Bett gegangen, und Greaves, Olmeijer und ich nahmen unsere Stammplätze an der Bar ein, während der kleine Bengale an den Fenstern auf- und abschritt.

Sogar Greaves wirkte ein wenig nervös und verlieh einmal der Ansicht Ausdruck, daß wir es ›doch nicht ganz schaffen‹ würden. Dann ging auch er schlafen, und der Bengale tat es ihm gleich. Olmeijer hatte auf der Theke sein großes Kassenbuch aufgeschlagen und schien eine Weile genüßlich in seine Rechnereien vertieft, ehe er das Buch mit lautem Knall zuschlug, mir eine gute Nacht wünschte und seinen massigen Körper zu seinen eigenen Räumen schleppte.

Nun war ich bis auf die Gurkhas, die draußen Wache standen, der einzige, der noch auf war. Ich fühlte mich erschöpft, aber nicht besonders schläfrig. Ich beschloß, nach draußen zu gehen und nachzusehen, ob ich etwas von dem Treiben in der Stadt erkennen konnte.

Als ich die Halle betrat, hörte ich Stimmen am Vordereingang. Ich spähte hinaus, doch die Öllampe war nicht hell genug, um mir irgend etwas zu zeigen. Ich öffnete die Tür. Einer der Gurkhas rief einen Mann an, den ich im Mondschein nur undeutlich sehen konnte. Der Gurkha fuchtelte mit seinem Bajonett herum, und der Mann kehrte um. Einen Augenblick lang sah ich sein Gesicht im schwachen Lampenschimmer aus der Hotelhalle. Ich schob mich an dem Soldaten vorbei und stürzte nach draußen.

»Dempsey? Sind Sie das?«

Er drehte sich um. Die Schultern waren gebeugt, das Jackett war zerrissen. Das Gesicht war totenbleich, die Lider fast geschlossen. »Hallo, Bastable.« Seine Sprache klang verwaschen – die Stimme eines Kretins. »Ich dachte, das wäre mein Hotel.«

»Das ist es doch auch.« Ich ging auf ihn zu und ergriff seinen schlaffen Arm. »Kommen Sie nach drinnen!«

Der Gurkha unternahm nichts, um uns aufzuhalten, als ich Dempsey ins Hotel schleppte. Der Mann stolperte und zitterte. Aus seiner Kehle brach ein trockenes Würgen. Mit der rechten Hand hielt er etwas fest umklammert. Es hatte keinen Sinn, ihn zu befragen, und ich hatte alle Mühe, ihn die Treppe hinauf und den Flur entlang zu seinem Zimmer zu zerren.

Die Tür war unverschlosssen. Ich trug Dempsey halb hinein und setzte ihn aufs Bett, während ich die kleine Öllampe entzündete.

Das Licht ließ einen überraschend sauberen Raum erkennen. Das Bett war gemacht, und es lagen keinerlei Abfälle herum. Vielmehr war das Zimmer völlig unpersönlich. Ich legte Dempsey hin, und er streckte sich mit einem Seufzen aus. Das Zittern erfolgte nun in kurzen Zuckungen. Er blinzelte und schaute zu mir auf, als ich seinen

Puls fühlte. »Haben Sie vielen Dank, Bastable«, sagte er. »Ich glaube, ich muß mit Ihnen reden.«

»Sie sind in schlechter Verfassung«, sagte ich. »Schlafen Sie lieber, wenn Sie können.«

»Drunten plündern sie«, sagte er, »bringen einander um. Vielleicht liegt etwas in der Luft ...« Er hustete und begann zu würgen. Ich zog ihn hoch und versuchte, ihm das Päckchen abzunehmen, das er in den Fingern hielt; aber er reagierte zornig und mit überraschender Kraft. Er zog seine Hand fort. »Ich kann jetzt für mich selber sorgen, mein Alter.« Tränen standen ihm in den Augen, als er ins Kissen zurücksank. »Ich bin einfach nur müde. Mir ist schlecht, und ich bin müde.«

»Dempsey, Sie bringen sich um. Lassen Sie mich ...«

Ich hoffe, Sie haben recht, Bastable. Trotzdem dauert es viel zu lange. Ich wünschte, ich hätte den Mumm, es anständig hinter mich zu bringen.«

Ich stand auf und sagte ihm, ich würde später nachschauen, wie es ihm ginge. Er schloß die Augen und schien einzuschlafen.

Ich empfand jene Ohnmacht, die jene kennen, die selbst den Trost der Droge erlebt haben. Ich wußte nur zu gut, daß es wenig gab, was ich für den armen, gequälten Kerl tun konnte. Er konnte nur sich selbst helfen. Und Dempsey schien sich wirklich zu quälen, vielleicht mit einem besonderen Durchblick der Dinge, wie sie sich wirklich verhielten, vielleicht mit der Einsicht in etwas in seinem Inneren, einem Aspekt seines Wesens, den er nicht mit seinen moralischen Ansichten in Einklang bringen konnte. Denn es wurde immer deutlicher, daß Dempsey trotz seines Leugnens strenge moralische Prinzipien besaß und er keine sehr hohe Meinung von sich selbst hatte.

Ich ging über den Gang zu meinem eigenen Zimmer

und zog Jacke und Hose aus. Ich legte mich im Dunkeln auf das Bett und lauschte, wie die Insekten gegen das Fliegengitter vor dem Fenster summten. Mondlicht durchflutete das Zimmer. Bald schlief ich ein.

Plötzlich schreckte ich hoch.

Meine Tür quietschte, als sie langsam geöffnet wurde, und in der Annahme, daß die chinesischen Tagelöhner das Hotel angegriffen hatten, während ich schlief, schaute ich mich nach einer Waffe um.

Dann sah ich erleichtert, daß es Dempsey war. Er lehnte fast lässig auf der Türklinke. Sein Gesicht war so bleich wie immer, doch er schien wieder bei Kräften zu sein.

»Entschuldigen Sie, wenn ich Sie störe, Bastable.«

»Brauchen Sie Hilfe?« Ich stand auf und schlüpfte in meine Hose.

»Vielleicht. Wir haben nicht mehr viel Zeit.« Er lächelte. »Wenngleich auch keine praktische Hilfe.« Seine Augen waren glasig und verträumt, und ich begriff, daß er irgendein Aufputschmittel genommen hatte, um die Entzugserscheinungen des Opiums unwirksam zu machen. Der Gedanke, was damit gleichermaßen seinem Körper wie seinem Geist widerfuhr, war mir zuwider. Er ließ sich schwerfällig auf mein Bett sinken.

»Es geht mir gut.« Er sprach, als wollte er sich selbst überzeugen. »Ich dachte nur, ich könnte auf ein Schwätzchen hereinschauen. Sie wollten doch ein Schwätzchen, wie? Vorhin, meine ich.«

Ich setzte mich in den Rohrsessel neben dem Bett. »Warum nicht?« fragte ich so heiter wie möglich.

»Ich sagte Ihnen schon, daß kein Grund besteht, mich gönnerhaft zu behandeln. Ich bin gekommen, um eine Art von Geständnis abzulegen. Ich weiß nicht, warum gerade Ihnen, Bastable. Vielleicht, weil Sie eines der Opfer sind. Singapur und das alles ...«

»Das ist vorbei«, sagte ich. »Und das kann gewiß nichts mit Ihnen zu tun gehabt haben. Der Krieg ist endlos. ›Das Beste, was wir erhoffen können, sind gelegentliche Augenblicke der Ruhe inmitten des Kampfes.‹ Ich zitiere Lobkowitz.«

Seine besessenen Augen funkelten einen Moment voller Ironie. »Sie haben ihn auch gelesen. Ich hätte nicht gedacht, daß Sie auch ein Roter sind, Bastable.«

»Das bin ich auch nicht. Und Lobkowitz genausowenig.«

»Das ist Ansichtssache.«

»Außerdem spreche ich aus großer Erfahrung.«

»Als Soldat?«

»Ich bin Soldat gewesen. Doch ich bin zu dem Schluß gekommen, daß die Menschheit sich in einem beständigen Zustand der Spannung befindet, daß diese Spannungen uns zu dem machen, was wir sind, und häufig zu Kriegen führen. Je größer unsere Erfindergabe beim Ersinnen neuer Waffen, um so schlimmer werden sie.«

»Oh, mit dieser letzten Auffassung stimme ich voll überein.« Er seufzte. »Aber glauben Sie nicht, daß es den Menschen möglich ist, Spannungen anzuerkennen und trotzdem eine Harmonie zwischen diesen Spannungen herzustellen, so wie auch Musik entsteht?«

»Meine Erfahrung lehrt es mich anders. Natürlich gehen meine Hoffnungen trotzdem in diese Richtung. Doch ich sehe wenig Sinn in einer solchen Diskussion, da sich die Welt derzeit in einem erschreckenden Zustand befindet. Dieses gräßliche Armageddon wird vermutlich erst zu Ende sein, wenn das letzte Kriegsschiff vom Himmel fällt.«

»Sie halten es wirklich für ein Armageddon?«

Ich konnte ihm nicht sagen, was ich wußte: daß ich bereits drei alternative Versionen unserer Welt durchlebt hatte und in jeder Zeuge der scheußlichsten Vernichtung der Kultur geworden war; daß ich persönlich zumindest für einen dieser Kriege verantwortlich war. Ich zuckte nur mit den Schultern. »Vielleicht nicht. Vielleicht wird es Frieden geben. Die Russen und die Japaner haben sich immer in den Haaren gelegen. Was ich nicht begreifen kann: Wieso ist es Großbritannien nicht gelungen, das Ganze aufzuhalten, und warum haben die Japsen sich so brutal gegen uns gewandt?«

»Ich weiß es schon«, sagte er.

Ich tätschelte seinen Arm. »Wissen Sie es? Oder gaukelt das Opium Ihnen das vor? Ich war dem Opium auch einmal zugetan, Dempsey. Ich sah einmal nicht viel besser aus als Sie. Können Sie das glauben?«

»Ich dachte mir so etwas. Aber warum?«

»Ich hatte Teil an einem Verbrechen«, sagte ich. »Einem ganz üblen Verbrechen. Und dann ...« Ich hielt inne. »Dann verlor ich den Halt.«

»Aber nun haben Sie ihn wieder?«

»Ich habe ihn immer noch nicht wieder, aber ich habe mich entschlossen, das Beste daraus zu machen. Ich bin ein guter Flieger geworden. Ich liebe Luftschiffe. Nichts ist vergleichbar damit, am Steuer zu stehen.«

»Ich weiß«, sagte er. »Natürlich weiß ich das. Aber ich werde nie wieder starten.«

»Ist etwas passiert? Ein Unglück?«

Ein klägliches, verzerrtes Lachen entstieg seiner Kehle. »So könnte man es nennen.« Er suchte in seiner Tasche, zog etwas heraus und legte es neben sich auf das Bett. Es war eine Spritze. »Dieses Zeug erweckt im Gegensatz zum Opium den Wunsch zu sprechen.« Aus seiner anderen Tasche zog er eine Handvoll Ampullen und legte sie ordentlich neben die Spritze.

Ich stand auf. »Ich kann doch nicht zulassen ...«

Seine Augen standen voller Wehmut. »Können Sie nicht?« Seine Worte waren vielsagend. Sie brachten mich zum Schweigen. Mit einem Schulterzucken setzte ich mich wieder hin.

Er legte seine Hand über Spritze und Ampullen und blickte mich finster an. »Sie haben keine Wahl. Ich habe keine Wahl. Die Zeiten unserer freien Entscheidungen sind vorüber, Bastable. Was mich betrifft, so werde ich mich auf die eine oder andere Art umbringen. Das dürfen Sie als sicher annehmen. Und es wäre mir lieber, wenn Sie mich entscheiden ließen, wie ich das mache.«

»Ich kenne den Seelenzustand, in welchem Sie sich befinden, mein Lieber. Ich befand mich einmal in der gleichen Situation. Und ohne alberne Vergleiche ziehen zu wollen, bin ich der Auffassung, daß ich alles Recht der Welt dazu hatte. Aber Sie sehen mich am Leben. Ich habe den Selbstmord überwunden.«

»Nun, ich aber nicht.« Noch zögerte er. »Ich wollte mit Ihnen reden, Bastable.«

»Dann reden Sie.«

»Ich kann nicht ohne dieses Zeug.«

Wieder zuckte ich mit den Schultern. Aber ich wußte, was es hieß, eine unerträgliche Last auf den Schultern mit sich herumzuschleppen. »Dann nehmen Sie ein wenig«, schlug ich vor. »Nur ein bißchen. Und reden Sie. Aber versuchen Sie nicht, sich umzubringen, zumindest nicht, bevor Sie sich mir anvertraut haben.«

Er schüttelte sich. »Anvertraut! Was für ein Wort. Sie reden wie ein Priester.«

»Nur wie ein Leidensgenosse.«

»Sie sind ein wenig ein Besserwisser, Bastable.«

Ich lächelte. »Das mußte ich mir schon öfter sagen lassen.«

»Aber Sie sind ein anständiger Kerl. Und Sie verurteilen Menschen nicht allzu schnell. Nur sich selbst. Habe ich recht?«

»Ich fürchte schon.«

»Sie haben es nicht mit dem Sozialismus, oder? Zumindest nicht mit meinem Schlag.«

»Zu welchem Schlag gehören Sie denn?«

»Nun, Kropotkin nannte ihn Anarchismus. Doch in der öffentlichen Meinung hat das Wort eine ganz andere Bedeutung erlangt.«

»Dann sind Sie also ein Bombenwerfer?«

Wieder begann er zu zittern. Er versuchte zu sprechen, doch er brachte kein Wort hervor. Ich hatte zufällig einen wunden Punkt getroffen. Ich trat auf ihn zu. »Es tut mir leid, alter Freund. Ich habe es nicht so gemeint.«

Er zuckte vor mir zurück. »Raus!« sagte er. »Lassen Sie mich um Himmels willen in Ruhe!«

Ich kam mir sehr blöde vor. »Dempsey. Glauben Sie mir, ich habe es nicht ernst gemeint. Ich habe einen Witz gemacht.«

»Hinaus!« Es war fast ein Schrei, ein Flehen. »Gehen Sie hinaus, Bastable! Das Schiff kommt. Bringen Sie sich in Sicherheit, wenn Sie können.«

»Ich werde nicht zulassen, daß Sie sich umbringen.« Ich packte ein paar von den Ampullen. »Ich möchte Ihnen zuhören, Dempsey.«

Er fiel aufs Bett zurück. Sein Kopf schlug gegen die Wand. Er stöhnte. Sein Körper fiel zur Seite. Er verlor das Bewußtsein.

Ich überprüfte seinen Puls und seine Atmung und ging Hilfe holen. Ich erinnerte mich, daß sich nun ein Missionsarzt im Hotel befand.

Als ich im Erdgeschoß anlangte und den Weg zur Bar einschlug, wo ich Olmeijer suchen wollte, hörte ich, wie am Fenster Leute zu murmeln begannen, dann redeten sie aufgeregt durcheinander. Plötzlich wurde die Dunkelheit draußen von einem hellen Lichtstrahl durchdrungen.

Olmeijer sah es. Er wirkte enttäuscht. Als ich neben ihn trat, murmelte er: »Es ist das Schiff. Es landet.« Er würde alle seine Gäste verlieren.

Ich sagte ihm, er sollte jemanden hinaufschicken, der sich um Dempsey kümmerte, und lief dann vom Hotel zum Aeropark. Meine Absicht war, das Schiff zum Mast zu lotsen.

Zu meinem Erstaunen befanden sich bereits uniformierte Männer am Boden. Sie mußten mit Fallschirmen vom Schiff abgesprungen sein.

»Gott sei gedankt, daß Sie gekommen sind«, sagte ich.

Der mir am nächsten stand, drehte sich um. Ich blickte in das ausdruckslose Gesicht eines Hauptmanns der Kaiserlichen Japanischen Armee. »Gehen Sie wieder hinein!« sagte er. »Sagen Sie ihnen, wenn einer versucht, das Gebäude zu verlassen, machen wir es dem Erdboden gleich.«

10

Das Ende unserer Hoffnungen

Wir sollten niemals herausfinden, wie die Japaner uns aufgespürt hatten. Entweder hatten sie unsere Funknachrichten geortet, oder sie hatten das Rettungsschiff verfolgt und zerstört. Tatsache war, daß wir nichts gegen sie unternehmen konnten.

Bald wimmelte Olmeijers Haus von kleinen Soldaten in schmuddelig-weißen Uniformen, deren Höflichkeit gegenüber ihren Gefangenen in krassem Gegensatz zu den auf ihren Gewehren aufgepflanzten Bajonetten stand. Der Offizier hatte eine grimmige, selbstbeherrschte Art, doch gelegentlich, so erschien es mir, huschte blanker Haß über sein Gesicht, wenn er uns betrachtete. Wir standen mit unserem Gepäck (soweit wir welches hatten) mitten im Raum. Die Frauen wurden zuerst an Bord geschickt. Es war den Japanern gelungen, den Mast in Betrieb zu nehmen, und sie hatten das Schiff auf den Boden heruntergekurbelt.

Es war ein großes, modernes Schiff. Ich war überrascht, daß sie zu der Ansicht gekommen waren, darauf verzichten zu können, nur um ein paar Zivilisten aufzulesen; doch ich nahm an, daß es bereits in der Gegend patrouilliert war, als der Kapitän über unsere Anwesenheit informiert wurde.

Greaves stand näher am Fenster als ich. Er drehte sich zu mir um. »Mein Gott, sie haben die Stadt beschossen!« Er deutete hinunter und sagte zu dem Offizier: »Ihr verfluchten Barbaren! Warum mußtet ihr das tun?«

»Barbaren?« Der japanische Hauptmann lächelte sarkastisch. »Es erheitert mich, daß gerade Sie uns derartiges vorwerfen, Engländer, nach dem, was Sie uns angetan haben.«

»Wir haben nichts getan! Was auch geschah, es war ein Irrtum. Es ist Ihre Sache, wenn Sie uns das anlasten.«

Der Hauptmann überging diese Bemerkung. »Trotzdem haben wir die Gebäude nicht in Brand gesteckt. Das sind Ihre eigenen Arbeiter. Eine Art Aufruhr. Ich nehme an, Sie sind auf dem Weg hierher, und zwar *en masse.*«

Das war glaubwürdig. In der Annahme, daß sie sich von der Insel in einem Luftschiff absetzen könnten, waren die Kulis vielleicht zu dem Schluß gelangt, es wäre am besten, das Schiff zu kapern und in die Freiheit zu segeln.

»Machen Sie sich keine Gedanken«, fuhr der Japaner fort, »wir wollen Sie ebenso beschützen wie uns selbst.« In seiner ruhigen und doch scharfen Stimme schwang ein Unterton von Verachtung. Ich sah, daß Greaves sich über den Wortwechsel ziemlich erregte.

Greaves schimpfte eine Weile weiter, aber er kam gegen die Logik des Mannes nicht an. Von den Kulis hatten wir weit mehr zu befürchten, zumindest unmittelbar, als von den Japanern.

Von unserem Standort aus konnten wir den Rauch riechen, und die Spuren des roten Feuerscheins reflektierten in den Fenstern und Spiegeln von Olmeijers Hotel. Der Holländer hatte seine Verzweiflung aufgegeben und bot seinen neuen Gästen (soweit er sie sah) Drinks an. Ich glaube, er hegte halbwegs die Hoffnung, Rowe Island könnte besetzt werden, und man würde ihm (als Neutralem) gestatten, das Hotel weiterzuführen. Die Soldaten bedeuteten ihm, er solle sich zu uns in die Mitte des Raumes stellen. Er setzte sich auf einen seiner Tische. Ich dachte, er würde zu weinen beginnen. »Ich bin Holländer«, sagte er dem Offizier. »Ich bin ein privater Hotelier.

Ein Zivilist. Sie können mich nicht einfach aus dem Haus wegschleppen, das ich mein Leben lang aufgebaut habe.«

»Wir haben Befehle, alle Europäer festzunehmen«, antwortete der Japaner. »Und Sie sind ganz eindeutig Europäer, Sir. Wir haben nichts gegen die Holländer. Trotzdem werden Sie begreifen, wenn Sie etwas realistisch wären, daß ihr Land mit Großbritannien verbündet und es nur eine Frage von Tagen ist, daß Sie in diesen Krieg verwickelt werden.«

»Aber heute sind wir nicht darin verwickelt!«

»Soweit ich weiß, nicht. Im wesentlichen besteht unsere Aufgabe darin, diese Insel zu evakuieren.«

»Und was wird mit uns?« erkundigte sich Greaves immer noch in aggressiver Stimmung.

»Sie werden für die Dauer der Feindseligkeiten interniert werden.«

»Wir sind doch keine Spione!«

»Jene, die Sie während des Südafrika-Krieges internierten, waren das auch nicht, wie Sie sich erinnern werden.«

»Das war doch etwas ganz anderes. Die Gründe waren äußerst kompliziert ...«

»Unsere Gründe sind das auch. Sie sind ausländische Kriegsführende, die unsere eigenen Kampfbemühungen potentiell gefährden.«

»Mein Gott! Und Sie behaupten, *wir* wären scheinheilig!«

»Sie werden nicht leugnen, Sir, daß dies effektiv eine Militärbasis ist.«

»Es ist eine Bergwerkssiedlung.«

»Aber sehr nützlich als Auftankstation. Wir werden Soldaten zurücklassen. Eine Garnison. Dies ist erobertes Gebiet. Wenn Sie nach draußen gehen, werden Sie sehen, daß nun die japanische Flagge über dem Flugfeld weht.«

»Warum dann uns verlegen? Ist das die übliche Praxis?«

»Sie ist es geworden. Sie werden im Kriegsgefangenenlager für europäische Zivilisten auf Rishiri interniert werden.«

»Wo, zum Teufel, liegt Rishiri?«

»Es ist eine kleine Insel vor der Küste von Hokkaido«, erklärte einer der irischen Priester. Hokkaido war die große Insel nördlich von Honshu, der japanischen Hauptinsel. »Eine sehr hübsche Gegend, soweit ich mich erinnere. Wir haben dort vor ein paar Jahren Missionsarbeit geleistet.«

Der japanische Hauptmann lächelte. »Sie werden sich nun auf die Europäer beschränken müssen, Pater. Aber Sie werden genügend Zeit haben für Bekehrungen.«

Greaves verstummte. Er trank den Rest seines Gin Fizz aus wie einer, der wahrscheinlich für viele Jahre keinen mehr bekommen wird.

Nachdem die Frauen gegangen waren, wurden als nächstes die alten Männer hinausgebracht. Die Japaner waren in keiner Weise grausam zu uns. Jene, die zu schwach waren, um ohne Hilfe zu gehen, wurden von Soldaten gestützt, die sogar ihre Gewehre schulterten, um die Bündel oder Koffer ihrer Gefangenen zu tragen. Es hätte keinerlei Sinn gehabt, ihnen Widerstand zu leisten, und das wußten sie auch. Die Bordwaffen hätten Olmeijers Hotel in Sekunden in Schutt und Asche legen können, und wir mußten an so viele andere Menschen denken.

Ein paar Minuten später ging der japanische Hauptmann hinaus und kehrte dann zurück, um seinen Männern Befehle zu erteilen. Die Soldaten nahmen die Gewehre von den Schultern, rannten in die Nacht hinaus und ließen nur einen Mann zu unserer Bewachung zurück. Wir hörten Gebrüll, dann Schüsse; ein schreckliches Geschrei schwoll an, verstummte und erhob sich dann wieder: das Kreischen des Mobs.

»Die Kulis!« Olmeijer watschelte zum Fenster. Wir folgten ihm alle. Der Wachtposten versuchte nicht, uns aufzuhalten. Er stand neben der Tür und schaute einigermaßen bestürzt hinaus.

Im roten Feuerschein waren nun die Silhouetten der Malaien und Chinesen zu erkennen, die versuchten, das Luftschiff zu stürmen, das von einer Reihe durchtrainierter japanischer Soldaten verteidigt wurde. Die Kulis waren schlecht bewaffnet, obwohl ein paar von ihnen Gewehre und Pistolen besaßen. Zum größten Teil hatten sie sich nur mit Parangs, langen Spießen und Hämmern ausrüsten können. Panik, Wut und Haß trieb sie gegen das Gewehrfeuer. Keine einzige Kugel verfehlte ihr Ziel. Die Tagelöhner fielen weiter, bis die Körper der Toten und Verwundeten das Vorrücken der noch Lebenden behinderten.

Die Aufrührer schienen irgendwie grob organisiert zu sein, denn nun traten sie den Rückzug an. Ihre Bemühungen wurden von einer Gestalt in zerknittertem Europäeranzug mit einer Pistole geleitet.

Ich erkannte ihn, als er mit den überlebenden Kulis in der Dunkelheit verschwand. Wie es Dempsey gelungen war, das Hotel in dem Zustand zu verlassen, in welchem ich ihn zuletzt gesehen hatte, war mir ein Rätsel. Doch da war er nun, hüpfte wie ein Verrückter umher und versuchte, den Tagelöhnern bei ihrem verzweifelten Angriff zu helfen.

Sie stürmten nun von zwei Seiten und versuchten, das japanische Feuer zu spalten. Diesmal wurden zwei oder drei Soldaten niedergemacht. Sie zogen sich geordnet zurück, bis sie näher am Schiff standen.

Greaves flüsterte mir zu: »Das wäre unsere Chance, hier herauszukommen. Den Wachtposten überrennen und raus in den Busch, wie?«

Ich überlegte. »Zwischen den Japanern und den überlebenden Kulis hätten wir keine Chance«, sagte ich. »Und wir haben auch keine nennenswerten Lebensmittel.«

»Sie haben keinen Mumm, Bastable.«

»Vielleicht. Aber eine Menge Erfahrung«, erwiderte ich ihm. »Es wird wahrscheinlich zu einem Austausch ziviler Kriegsgefangener kommen. Wir alle könnten innerhalb von Wochen in England sein.«

»Und wenn nicht?«

»Meiner Ansicht nach sind wir im Augenblick bei den Japanern besser aufgehoben. Wenn wir schon fliehen wollen, dann irgendwo näher an russischem Territorium.«

Greaves war angewidert. »Sie sind nicht gerade impulsiv, was, Bastable?«

»Wahrscheinlich nicht.« Ich hatte zuviel Kriegsführung und Zerstörung in drei Welten miterlebt, um viel auf romantische, spontane Pläne zu geben. Ich zog es vor, meine Zeit abzuwarten. Ich ließ Greaves denken, was er wollte, und bemerkte, daß er ohne mein Einverständnis keinen Versuch unternahm, sich von Olmeijers Hotel abzusetzen.

Die Schießerei ging weiter, jedoch weniger heftig. Drunten in der Stadt schlugen die Flammen höher. Feuerschein spiegelte sich in der weißen Hülle des japanischen Schiffes, das langsam am Mast schaukelte.

Dempsey mußte alle seine Aufputschmittel geschluckt haben. Ab und zu sah ich ihn, manchmal mit einer Pistole, manchmal mit einem Parang, wie er hier und dort zwischen den Büschen und Bäumen umhersprang, die den Aeropark säumten. Er war von Sinnen. Aus welchen finsteren, vielleicht sentimentalen Gründen er sich mit den Kulis verbündet hatte, konnte ich mir nicht vorstellen. Vielleicht hoffte er, mit ihrer Hilfe die Japaner niederzuschlagen und die Europäer zu retten, aber ich bezweifelte es. In seinem zerrissenen Jackett und der Hose unterschied er sich hauptsächlich dadurch von der Masse, daß er augenscheinlich die Führung innehatte. Er war bei der Marine ausgebildet worden, und nun brachen seine Führungsinstinkte durch.

Die Japaner hatten ihn ebenfalls ausgemacht, und ihr Feuer konzentrierte sich auf ihn. Er suchte ihre Kugeln. Mir erschien es, als wollte er von ihnen getötet werden. Er hatte von Selbstmord gesprochen, und vielleicht war dies in seinen Augen eine positivere Art zu sterben. Dennoch bewies er Mut, und ich konnte die Art und Weise nur bewundern, wie er gegen die Japaner kämpfte, indem er Kulis in alle Richtungen schickte, manchmal gleichzeitig, manchmal von einem bestimmten Winkel aus.

Seine Augen blitzten und funkelten. Auf seinen Lippen stand ein eigentümliches Grinsen. Und einen Augenblick lang verzehrte mich ein überwältigendes Gefühl von Kameradschaft für ihn. Es war, als beobachtete ich eine andere Verkörperung meiner selbst aus jenen schrecklichen Tagen, da ich noch nicht gelernt hatte, mit meiner Schuld, dem Kummer und der Hoffnungslosigkeit meiner eigenen Situation zu leben.

Dann rannte Dempsey auf das Schiff zu, alle verbliebenen Kulis folgten ihm. Er machte zwei Soldaten nieder, ehe die sich auch nur wehren konnten. Er stieß mit dem Parang zu, wehrte Bajonette und Kugeln ab. Er nahm sich zwei weitere Japaner vor und hatte gerade die Gangway zur Gondel erreicht, als er, beide Arme hochgerissen wie zu einem blutgierigen Kriegsgott, zu Boden fiel.

Ich sah ihn, alle viere von sich gestreckt, auf der Gangway liegen. Er zuckte noch ein oder zwei Augenblicke. Ich wußte nicht, ob ihn eine Kugel getroffen hatte oder ob die Aufputschmittel einen Zusammenbruch verursacht hatten. Der Hauptmann rannte mit gezücktem Schwert die Gangway zu dem Körper hinauf, drehte ihn um und hieß zwei seiner Männer, ihn ins Schiffsinnere zu schleppen.

Ich hörte einen der Soldaten seinen Namen hervorstoßen: »Dempsey!« Und ich fragte mich, woher in aller Welt sie ihn kennen mochten.

Nachdem Dempsey gefallen war, zerstreuten sich die restlichen Kulis bald. Der Hauptmann kehrte ins Hotel zurück und befahl, daß wir übrigen nun aufs Schiff gehen sollten. Ich fragte ihn: »Wie geht es dem Weißen? Ist er erschossen worden? Ist er zusammengebrochen?« Doch der Hauptmann wollte nicht antworten.

Greaves sagte: »Sehen Sie, Hauptmann. Sie könnten uns doch wenigstens sagen, ob Dempsey noch lebt oder tot ist!«

Der Japaner sog den Atem ein und schaute Greaves unerbittlich an. »Sie haben als ziviler Gefangener gewisse Rechte. Auch Hauptmann Dempsey hat gewisse Rechte. Nichtsdestotrotz bin ich nicht verpflichtet, Fragen nach dem Schicksal anderer Gefangener zu beantworten.«

»Sie unmenschlicher Teufel. Das ist keine Frage der Rechte, sondern des simplen Anstands!«

Der japanische Hauptmann fuchtelte mit seinem Schwert und erteilte einen Befehl in seiner Muttersprache. Die Wachen begannen, uns hinauszuführen.

Als wir gingen, hörte ich ihn sagen: »Wenn wir kein zivilisiertes Volk wären, wäre keiner von Ihnen mehr am Leben. Und Hauptmann Dempsey wäre von meinen Männern in Stücke gerissen worden.«

Der Hauptmann schien von Sinnen. Vielleicht gefiel ihm sein Posten nicht. Vielen Soldaten ging das so, wenn der Krieg erst einmal richtig begann.

Ich fragte mich, welches Verbrechen Dempsey begangen hatte, daß sie ihn dafür so sehr verfluchten. Ich war irgendwie fast sicher, daß er den Preis dafür mit seinem Leben bezahlt hatte. Ich bedauerte sehr, daß er nicht mehr die Zeit gehabt hatte, mir seine Geschichte zu erzählen.

Eine Stunde später befanden wir uns in der Luft und ließen die Überreste von Rowe Island und seiner Bevölkerung hinter uns. Durch ein kleines Bullauge sah ich, wie die Flammen sich in der Stadt ausbreiteten. Sogar das Laubwerk brannte hie und da. Kleine Gestalten liefen in dem Inferno umher. Man konnte sogar Schüsse hören, als die japanischen Soldaten ihr neu erobertes Gebiet verteidigten.

Unsere Quartiere waren eng, aber nicht unerträglich. Dempsey befand sich nicht unter uns. Jedermann nahm an, daß er umgekommen war.

Bis wir die normale Flughöhe erreicht hatten, dämmerte der Morgen. Die meisten von uns schwiegen und dösten beim ständigen Brummen der Motoren. Ich glaube, wir alle fragten uns, was aus uns werden würde, wenn wir erst einmal das Zivillager von Rishiri erreicht hätten. Wenn der Krieg weiterging, wie ich das von anderen Kriegen kannte, konnte es Jahre dauern, bis wir freikämen.

Ich stellte ohne besonderes Unbehagen fest, daß ich vielleicht sogar an Altersschwäche gestorben sein könnte, ehe dieser Konflikt ein Ende finden würde.

Ich war fast erleichtert, daß mein Schicksal nun absolut nicht mehr in meinen Händen lag.

Zweiter Teil

›Weder Herr noch Sklave!‹

1

Das Lager auf Rishiri

Das zivile Kriegsgefangenenlager war gut organisiert und sauber. Das Essen war einfach und ausreichend und unsere Behandlung in keiner Weise grob. Es waren ein ständiger Beobachter des Roten Kreuzes und ein Vertreter der Schweizer Regierung anwesend, der der Einladung der Japaner, als eine Art Unparteiischer zu wirken, Folge geleistet hatte. Es waren dort Zivilisten aus fast aller Herren Länder interniert, und jene, die zu neutralen Staaten gehörten (die Holländer nicht mehr), wurden so schnell wie möglich in ihre Heimat zurückgeschickt, sofern sie ihre Identität und ihre Herkunft beweisen konnten. Es war eine beachtliche Anzahl zorniger Polen, Böhmen und Letten anwesend. Offiziell waren sie russische Bürger, doch sie leugneten lautstark ihre Gefolgschaftstreue zu jedem anderen Land als ihrem eigenen ab. Da jedoch Polen und Tschechen in der russischen Armee kämpften, hatten ihre Einsprüche kein großes Gewicht.

Ich fand dieses Völkergemisch faszinierend und nutzte die größte Zeit meiner Gefangenschaft, soviel wie möglich über die Welt zu erfahren, in der ich mich nun befand. Ich hatte es nun mit einer Zukunft zu tun, in welcher O'Bean* nicht existiert hatte, obgleich es hier viele Erfindungen gab, die mir vertraut waren aus jener Zukunft, in der ich ursprünglich General O. T. Shaw begegnet war. Es sah so aus, als ob Luftschiffe, U-Boote, elek-

* Siehe: ›Der Herr der Lüfte‹ (HEYNE-BUCH Nr. 06/3876).

trische Wundergeräte, drahtloser Funk und ähnliches zu jeder Zeit geschaffen wurden, gleichgültig ob sie nun die Frucht eines genialen einzelnen oder einer größeren Zahl hart arbeitender Wissenschaftler waren. In dieser Welt war das britische Imperium noch größer als in meiner eigenen. Es umfaßte gewisse Teile des süd- und zentralamerikanischen Festlandes wie auch Teile dessen, was ich als die südlichen Vereinigten Staaten gekannt hatte. Diese waren, wie es schien, während des amerikanischen Bürgerkrieges zurückerobert worden, als Großbritannien den Konföderierten gegen die Herrschaft der Küstengebiete umfängliche Hilfe geleistet hatte. Mit dem Sieg der Konföderierten, so erfuhr ich, hatte es jedermann gepaßt, diesen Kontakt aufrechtzuerhalten. Die Gebiete waren für hundert Jahre aus der Herrschaft der KSA entlassen worden. Das bedeutete, daß die Konföderierten sie in dreißig Jahren wieder beanspruchen würden. Ich war neugierig, ob die Sklaverei weiterhin existierte, und erfuhr zu meiner Überraschung, daß nicht nur das der Fall war, sondern daß es wirtschaftlich auch allen genutzt hatte, in Amerika eine starke schwarze Mittelklasse heranwachsen zu sehen. Und nun herrschte dort größere Rassengleichheit als zu meiner Zeit! Norden und Süden waren tatsächlich unabhängig, und jene Spaltung schien eher größere Übereinstimmungen herbeigeführt zu haben. Obgleich Amerika nicht soviel Industrie hatte und keine so militärisch starke Nation war, schien es auf andere Weise von der Waffenruhe profitiert zu haben, welche auf den Bürgerkrieg gefolgt war und beiden Seiten gestattet hatte, sich zu erholen und gegenseitigen Handel zu treiben.

Frankreich dagegen war keine Großmacht mehr. Es hatte sich niemals vom französisch-preußischen Krieg erholt. Deutschland hatte nun einen großen Teil des ehemaligen französischen Kaiserreiches unter sich, und die Franzosen selbst schienen sich ohne die Verantwortung über ihre Kolonien einigermaßen wohl zu fühlen. Deutschland war ein enger Verbündeter Großbritanniens geworden, obgleich ohne Verpflichtung, es in dem augenblicklichen Konflikt zu unterstützen. Es war Teil einer Allianz mit den skandinavischen Ländern, eines äußerst mächtigen Handelsbündnisses, das allen Beteiligten Vorteile brachte. Österreich-Ungarn zerfiel weiter, ein romantisches, dekadentes Reich, das beständig Schulden hatte und sich von den reicheren Nationen aushelfen ließ. Die einzige neue Großmacht von gewisser Bedeutung war das Osmanische Reich, das sich beachtlich nach Afrika und in den Mittleren Osten ausgebreitet hatte, um eine starke islamische Union zu bilden. Griechenland, so erfuhr ich, existierte so gut wie gar nicht mehr. Die meisten seiner Einwohner waren inzwischen Moslems und in jeder Hinsicht Türken. Das japanische Kaiserreich beherrschte weite Teile dessen, was China gewesen war, und seine Überfälle an den Grenzen des Russischen Reiches waren der Hauptgrund für den gegenwärtigen Kampf gewesen. Ich erfuhr, warum die Japaner britische Ziele viel heftiger angriffen als andere. Sie glaubten, die Briten hätten diesen Krieg mit einem Überfall auf Hiroshima absichtlich vom Zaun gebrochen. Ich mußte an meine Teilnahme – und meine Schuld – bei einem solchen Überfall denken, als ich an Bord des Flaggschiffes von General Shaw geflogen war.

Hätte ich nur eine Welt gekannt, wäre ich überzeugt gewesen, Geschichte wiederhole sich immer wieder, doch so wußte ich, daß das Wesen des Menschen die Wurzel der Geschichte bildet und daß ich, wo immer ich mich befände, oberflächliche Ähnlichkeiten entdecken würde, die dieses Wesen ausdrückten und demonstrierten. Es war der menschliche Idealismus, menschliche Ungeduld und menschliche Verzweiflung, die immer wieder diese schrecklichen Kriege hervorbrachten. Menschliche Tugenden und Laster, wie sie sich in den Einzelpersonen vermengten und vereinten, schufen das, was wir ›Geschichte‹ nennen. Und doch sah ich keine Möglichkeit, wie der gemeine Kreis von Hoffnung und Verzweiflung jemals durchbrochen werden sollte. Wir alle waren Opfer unserer eigenen Phantasie. Dies hatte ich während meiner ganzen Reisen durch das ›Multiversum‹ begriffen, wie Mrs. Persson es nannte. Eben das, was uns menschlich macht und unser Bestes zutage fördert, ist es auch, was uns Schlimmeres tun läßt als ein sich rasend gebärendes wildes Tier. Wir leben, indem wir nachahmen und wetteifern, und das kann sich in Neid verwandeln, wenn die Umstände uns glücklos bleiben lassen. Dies ist die einzige Überzeugung, zu der ich gelangt bin, und ich bin mir nicht einmal sicher, ob ich daran glaube. Doch ich habe mich mit der menschlichen Natur, wenn nicht gar mit der menschlichen Torheit ausgesöhnt, und das hat mein eigenes Mißgeschick mir zumindest gebracht.

Olmeijer war bald wieder in seinem Element. Er schaffte es irgendwie, daß man ihm die Leitung der Lagerkantine übertrug, und die führte er mit der Grandezza eines Chef de la Maison im *Ritz*.

Greaves schloß sich einer Gruppe englischer und australischer Handelsseeleute an, die beim Sturz von Shanghai gefangengenommen worden waren. Sie brachten die meiste Zeit damit zu, sich für eine Seite der Rugby-Mannschaft zu entscheiden und über Zuhause zu reden. Wahrscheinlich gelang es ihnen auf diese Weise, nicht zuviel über ihre wahre Lage nachzudenken, doch ich konnte ihr Schülergeschwätz nur eine halbe Stunde lang ertragen. Ich wußte sehr wohl, daß ich mich vor meinem ersten Besuch in Teku Benga ihnen mit gewisser Begeisterung angeschlossen hätte. Ich hatte mich unwiderbringlich verändert. Ich würde niemals wieder der naive junge Armeeoffizier sein, der einst seine Leute auf der Suche nach dem Banditen Sharan Kang in die Berge geführt hatte. Ich fühlte mich vielmehr wie eine Kreuzung zwischen Rip van Winkel und dem Fliegenden Holländer mit einem Hauch vom Ewigen Juden und so, als lebte ich schon so lange wie die Menschheit selbst.

Ganz kurz nach meiner Ankunft im Lager stieß ich auf einen bunten Haufen ziviler Luftschiffleute, Überlebende aus den verschiedensten Wracks. Einige waren versehentlich abgeschossen, andere von japanischen Patrouillen gerettet worden. Einige hatten sich im allgemeinen Chaos einfach verirrt und waren den Japanern in die Hände gelaufen. Ich erfuhr, daß inzwischen alle Handelsschiffe im Konvoi und unter dem Geleitschutz von Militärschiffen reisten.

Etwa eine Woche später hängte sich Harry Birchington an mich. Er war ein schmalgesichtiger, eckiger Kerl mit einer steifen, ungeschickten Art, sich zu bewegen, flacher Stirn und flachen Wangenknochen und einer rötlichen Verfärbung unter den Augen von der Art, wie ich sie häufig bei geistig unausgeglichenen Menschen beobachtet habe. Er trat auf mich zu, als ich aus Olmeijers Schuppen kam. Er betrachtete mich, so sagte er, als Intellektuellen, wie er einer war: »Einen, der ein bißchen mehr Erziehung genossen hat als dieses Gesindel.« Da sich unter den Gefangenen allein in unserem Lagerteil eine Anzahl von Geistlichen und Akademikern sowie auch zwei Journalisten befanden, fand ich seine Bemerkung nicht besonders schmeichelhaft. Er trug ein khakifarbenes Hemd, eine gestreifte Krawatte, graue Flanellhosen und unabhängig von der Temperatur häufig ein Tweedjackett mit Lederflecken auf den Ellbogen. Er war eine Nervensäge. Um genau zu sein: Er war die Lagernervensäge. Jede Armeeinheit hat eine, jede Luftschiff-Crew, vermutlich jedes Büro und jede Fabrik auf der Welt. Birchington jedoch, das muß ich zugeben, übertraf den Durchschnitt.

Er zerrte mich über das Lagergelände zu der Stacheldrahtecke. Gegen einen der Pfeiler, zwischen denen der Draht gespannt war, lehnte ein mürrischer kleiner Slawe in einem schmutzigen Bauernkittel. Ich war ihm zuvor schon einmal begegnet. Er hieß Makhno und stammte aus der Ukraine. Aus irgendwelchen eigentümlichen, idealistischen Gründen hatte er sich um der Sache der internationalen Brüderlichkeit willen nach Tokio durchgeschlagen. Ich nahm an, er war Anarchist der alten kropotkinschen Schule und würde deshalb wie die meisten Anarchisten lieber reden als alles andere. Er war ein ganz sympathischer Bursche, der, nachdem es ihm nicht geglückt war, das ganze Lager zu bekehren, seine Ansichten für sich behielt. Birchington stellte uns vor. »Der Bursche kommt mit dem Englischen nicht allzugut klar«, sagte er. »Ich spreche ein paar Brocken Russisch, habe aber Schwierigkeiten, mich ihm verständlich zu machen. Wir sprachen über Geld.«

»Wollen Sie denn etwas kaufen?« erkundigte ich mich.

»Nein, nein. *Geld*. Internationale Finanzen und so.«

»Aha.« Ich wechselte Blicke mit dem Ukrainer, der sarkastisch die Augenbraue hob.

»Jetzt bin ich Sozialist«, fuhr Birchington fort. »Bin es mein Leben lang gewesen. Sie können fragen, was wir mit dem Begriff Sozialismus meinen, und damit hätten Sie auch recht, denn Sozialismus hat für die verschiedensten Menschen die verschiedensten Bedeutungen ...« In diesem Stil fuhr er fort und wiederholte sich zweifellos zum x-ten Male wortwörtlich. Einige Leute scheinen nie zu begreifen, bis zu welchem Grad sie dieser Angewohnheit verfallen sind. Ich bin allmählich zu der Überzeugung gelangt, daß diese Wiederholungen auf sie den gleichen Effekt wie ein besänftigendes Wiegenlied haben müssen. Wohingegen es auf jeden anderen, der versucht (oder gezwungen ist), ihnen zuzuhören, genau von gegenteiliger Wirkung ist.

Der Anarchist Makhno machte sich nicht die Mühe zuzuhören. Es war offensichtlich, daß er viele der Wörter verstand, aber instinktiv Birchingtons Typ durchschaute.

»Und *dieser* Bursche hier«, – Birchington stocherte mit ungesundem Finger in Makhnos Richtung –, »will sich auch Sozialist nennen. Ich nehme an, die richtige Bezeichnung wäre ›Anarcho-Sozialist‹. Das heißt, er glaubt an die Brüderlichkeit zwischen den Menschen, die Befreiung der Arbeiterklasse der Welt und so weiter. Er kommt schließlich aus einem sogenannten sozialistischen Land, obgleich ich nicht weiß, was sie dort noch mit einem Kaiser zu schaffen haben, wenn der auch keine reale Macht mehr darstellt. Und er ist gegen seine eigene Regierung.«

»Gegen die russische Regierung«, sagte Makhno. »Ich bin gegen alle Regierungen. Einschließlich der sogenannten Ukrainischen Rada, die nur eine Marionette der Zentralregierung in Petersburg ist.«

»Genau das«, sagte Birchington und hatte das damit abgetan. »Sie sind also Sozialist und gegen Sozialisten. Habe ich recht oder nicht?«

»Kerenskis Duma ist nur dem Namen nach sozialistisch«, entgegnete Makhno mit tiefer slawischer Stimme. »Nur dem Namen nach.«

»Genau das meine ich. Keine richtigen Sozialisten. Nur Tories unter anderem Namen, stimmt's?«

»Politiker«, konstatierte Makhno lakonisch.

»Und darin täuschen Sie sich, alter Kumpel. Daß sie keine richtigen Sozialisten sind, heißt nicht, daß richtige Sozialisten keine guten Politiker sind.«

Ich wollte mich gerade von dieser Debatte zurückziehen, doch Birchington hielt mich am Arm fest. »Bleiben Sie noch eine Minute, mein Alter. Ich möchte, daß Sie hier ein Urteil fällen. Nun, was verstehen Sie denn unter diesem Wort ›Politik‹? Sehen Sie, ich bin von Beruf Ingenieur, und ich glaube, ein ziemlich guter, und für mich bedeutet Politik genau, die Technik richtig in Gang zu bekommen. Wenn Sie eine Maschine haben, die ohne große Wartung einwandfrei funktioniert, dann ist es offensichtlich eine gute Maschine. Und so sollte es mit der Politik auch sein. Und wenn die Maschine einfache Bestandteile hat, wie sie auch jeder Laie verstehen kann, dann ist das, wie das einmal war, Ihre demokratische Maschinerie. Habe ich recht oder nicht?«

»Verrückt«, konstatierte Makhno und kratzte sich an der Nase.

»Was?«

»Sie haben weder recht noch unrecht, sie haben einen Knall.«

Das erheiterte mich, und Makhno erst recht, aber Birchington war verblüfft.

»Das ist nicht verrückt, sondern einleuchtend«, sagte er. »Durch und durch einleuchtend, würde ich sagen. Wie eine gute Maschine. Das ist doch einleuchtend, oder nicht? Was gibt es Logischeres als eine exakt arbeitende Dampfturbine zum Beispiel?«

»Rationalistischer Unfug«, erklärte Makhno und rollte das R auf jene ironische Weise, wie nur Slawen das können.

»Und was ist mit Ihrem romantischen Geschwätz?«

wollte Birchington wissen. »Alles in die Luft sprengen und von vorne anfangen, was?«

»Keine schlechtere Lösung als Ihre. Aber darum geht es mir gar nicht.«

»Aber es läuft darauf hinaus, mein Lieber. Das ist Ihr Anarchismus. *Bumm!*« Und er lachte wie einer, der noch nie wirklichen Humor verstanden hatte.

Obgleich Makhno mir leid tat (wenngleich ich auch seinen politischen Ansichten wenig Sympathie entgegenbrachte), hatte ich nun endgültig genug. Mit entschuldigendem Gemurmel trat ich den Rückzug in die Richtung an, wo einige meiner Bekanntschaften standen, Pfeife rauchten und über Luftschiffe redeten, was mir im Augenblick lieber war als das, was Birchington mir zu bieten hatte.

Birchington hielt mich auf. »Nun warten Sie doch eine Sekunde, Mann! Was ich von Ihnen wissen möchte, ist: Wer trifft die Entscheidungen, wenn ein Land keine Regierung hat?«

»Der einzelne«, erwiderte Makhno.

Ich zuckte mit den Schultern. »Wenn man von dieser Hypothese ausgeht, hat unser ukrainischer Freund ganz recht. Wer sonst sollte eine Entscheidung treffen?«

»Jeder für sich?«

»Per Konsens«, meinte Makhno.

»Ha!« triumphierte Birchington. »Ha! Und was ist das anderes als demokratischer Sozialismus? Genau das ist es, woran ich glaube.«

»Ich dachte, Sie glaubten an Maschinen.« Ich konnte mir diesen Seitenhieb nicht verkneifen.

Birchington entging meine kleine Ironie, wie er Makhnos sarkastische Bemerkungen alle unbeachtet ließ. »Eine demokratische sozialistische Maschine.« Er sagte das wie zu einem Kind.

»Das ist kein Anarchismus«, erklärte Makhno halsstarrig. Doch er versuchte überhaupt nicht, Birchington zu überzeugen. Wenn überhaupt, versuchte er, ihn zu vertreiben.

»Ich sehe, daß einige meiner Kameraden mich zu sprechen wünschen«, sagte ich zu Birchington. Ich blinzelte Makhno zu und machte mich davon. Aber Birchington lief hinter mir her. »Wahrscheinlich sind Sie Luftschiffmann, wie diese Burschen. Glauben Sie denn nicht an den Sinn der besten Technik, an den Gebrauch eines Motors, der einen am wenigsten im Stich läßt, an Kontrollsysteme, die so einfach wie möglich funktionieren ...?«

»Luftschiffe sind keine Länder«, sagte ich. Unglücklicherweise hörte mich ein ahnungsloser Zweiter Offizier der zerstörten *Herzogin von Salford,* ohne Birchington zu bemerken.

»Das können sie durchaus sein«, sagte er. »Wie kleine Staaten. Ich meine, jeder muß lernen, mit dem anderen auszukommen ...« Ich überließ ihn Birchington. Als er begriff, in was er sich eingelassen hatte, strich ein Ausdruck stillen Unbehagens über sein Gesicht. Ich winkte ihm hinter Birchingtons Rücken zu und lief von dannen.

Das sollte eine meiner leichteren Fluchten vor der Nervensäge von Rishiri gewesen sein. Es war schon schlimm genug, daß ich Gefangener war und wie viele andere allmählich in Wut geriet. Es war das Fegefeuer. Aber Birchington machte es zur Hölle. Es wundert mich heute noch, daß ihm niemand den Hals umdrehte. Es wurde unmöglich, ihm aus dem Weg zu gehen.

Zuerst versuchten wir, ihn aufzuziehen, um ihn loszuwerden, lachten ihn aus und wurden dann eindeutig grob; doch der Versuch, ihn zu kränken oder abzuwimmeln, war zwecklos. Manchmal beleidigten wir ihn, doch entweder lachte er darüber oder kehrte, wenn er getroffen war, nach wenigen Minuten schon wieder zurück. Und ich genoß das Mitgefühl aller, denn was ich auch immer sagte oder tat, er zitierte mich als seinen engsten Freund.

Ich glaube, das muß der Grund gewesen sein, daß ich mich wider alle Vernunft einverstanden erklärte, als Greaves mit seinem halb ausgegorenen Fluchtplan an mich herantrat. Er und die anderen Rugger-Anhänger wollten bei Nacht unter einem der Drahtzäune hindurchkriechen und ein oder zwei der japanischen Motortorpedoboote kapern, die jüngst in Rishiris winzigem Hafen vor Anker gegangen waren. Von dort aus wollten Greaves und Konsorten versuchen, das russische Festland zu erreichen, das den Japanern nicht in die Hände gefallen war.

Natürlich hatte es bereits eine Reihe von Fluchtversuchen gegeben, doch keiner war erfolgreich gewesen. Unsere Wachen waren vorsichtig; zwei kleine Erkundungsluftschiffe überwachten die winzige Insel, außerdem war sie mit Scheinwerfern, Hunden und dem üblichen Zubehör eines Gefängnisses ausgestattet. Darüber hinaus wurde die Insel als Auftankstation für die Überfälle auf Rußland benutzt (deshalb waren wir hier: um eine Bombardierung der Basis zu vereiteln), so daß gewöhnlich mehrere große Luftschiffe in der Nähe des Hafens an den Masten lagen.

Es stimmte, wie Greaves als Argument anführte, daß im Augenblick keine Militärschiffe zu sehen waren, aber ich war nicht überzeugt, daß dies, wie er sagte, ›die beste Gelegenheit, hier abzuhauen, die sich uns jemals bieten wird‹, sei.

Ich war der Ansicht, daß eine kleine Chance zur Flucht bestand, ebenso wie eine gute Möglichkeit, verwundet oder getötet zu werden. Doch ich sagte mir, selbst wenn ich verwundet würde, verbrächte ich einige Zeit im Hospital und damit weit fort von Birchington.

»Wohl denn, Greaves«, sagte ich. »Sie können mit mir rechnen.«

»Feiner Kerl!« Er tätschelte mir die Schulter.

An jenem Abend trafen wir uns in Zweier- und Dreiergruppen in Olmeijers Schuppen. Der Holländer war nirgends zu sehen. Er wäre auch zu beleibt gewesen, um sich in den Tunnel zu zwängen, den Greaves und seine Rugger-Kumpels gegraben hatten. Es war üblich, daß man sich am Abend in dem Schuppen traf, um Tischtennis oder eines der vielen Brettspiele zu spielen, die das Rote Kreuz bereitgestellt hatte. Nur gelegentlich wurden wir von Wachen gestört, die ab und zu willkürlich hereinschauten. Da sie uns nicht abzählten, bestand eine Chance, daß wir alle in den Tunnel tauchen konnten, ehe sie etwas bemerkten. Ein paar der Luftschiffleute hatten beschlossen, zurückzubleiben, um uns zu decken.

Greaves sollte als erster und ich als letzter gehen. Einer nach dem anderen verschwand in der Erde. Gerade sollte ich ihnen folgen, als mir klar wurde, daß das Schicksal tatsächlich mich als Opfer einer besonderen Bestrafung ausersehen hatte. Birchington trat durch die Tür der Hütte.

Ich war halb unten. Ich glaube mich zu erinnern, daß ich ihm schwach zulächelte.

»Meine Herrn, mein Lieber! Was haben Sie denn vor?« fragte er. Dann strahlte er plötzlich. »Eine Flucht, wie? Nicht schlecht. Ist wohl ein Geheimnis? Ich werde keinen Laut von mir geben. Ich gehe davon aus, daß jedermann sich anschließen kann.«

»Hm«, meinte ich. »Eigentlich hat Greaves ...«

»Mein Kumpel Greaves, was? Das ist seine Idee. Nicht

schlecht. Das geht schon klar mit mir, mein Alter. Ich vertraue Greaves vorbehaltlos. Und er hätte mich sicher gern dabei.«

Einer der Luftschiffleute am Fenster zischte, daß zwei Wachen näher kamen.

Ich duckte mich in den Tunnel und begann, ihn entlangzukriechen. Es blieb keine Zeit, sich mit Birchington herumzuschlagen. Ich hörte seine Stimme hinter mir: »Machen Sie Platz für einen Kleinen!«

Ich wußte, daß er hinter mir im Tunnel steckte, ehe das Licht erlosch, als einer der Luftschiffleute oben die Bodenbretter wieder an ihren Platz legte.

Mir kam es vor, als kröche ich ewig, während Birchington hinter mir Entschuldigungen stammelte, weil er mir ständig gegen die Füße stieß und vor sich hinbrummelte, was für ›klägliche technische Arbeit‹ in dem Tunnel geleistet worden wäre. Er wunderte sich, daß man ihn nicht um seine fachmännische Hilfe gebeten hatte.

Schließlich gelangten wir in süß duftendes Dunkel. Hinter uns lagen die Lichter und der Drahtzaun des Lagers. Wir befanden uns in der Nähe der Straße, die sich zum Hafen hinabschlängelte. Greaves und die Handelsseeleute flüsterten und fuchtelten in der Finsternis, als entschieden sie sich wieder einmal, bei welcher Mannschaft sie spielen wollten.

Birchington sagte in einem Ton, der sogar für ihn unnatürlich laut war: »Was gibt's? Braucht ihr einen Freiwilligen?«

Greaves ging sogleich auf mich los. »Lieber Gott, Mann! Mußten Sie es ihm unbedingt sagen?«

»Das habe ich doch gar nicht getan! Er kam dazu, als die Wachen uns bereits auf den Fersen waren.«

»Ich dachte, Sie könnten einen mehr gut gebrauchen«, erklärte Birchington. »Also habe ich mich bereit erklärt.

Vergessen Sie nicht, daß ich ein erfahrener Ingenieur bin.«

Ich hörte, wie einer fluchte und murmelte: »Verpaßt dem Ekel doch eine Kugel.« Birchington beachtete es natürlich gar nicht.

Greaves seufzte. »Wir machen uns jetzt besser auf den Weg zum Hafen. Falls wir getrennt werden ...«

Er wurde durch das unverkennbare Geräusch von Luftschiffmotoren hoch droben unterbrochen. »Verdammt! Das kompliziert die Lage natürlich.«

Der Motorenlärm wurde lauter und lauter, und es war offensichtlich, daß das Schiff tiefer kam. Wir begannen uns zu ducken und schlichen durch die Sträucher und Bäume am Straßenrand in Richtung Hafen.

Dann flammte plötzlich Licht hinter uns auf, und es dröhnten Gewehrfeuer und das ständige Donnern von Artillerie. Dann ein ersterbender Schrei, als eine Bombe in gewisser Entfernung vom Lager niederging. Die Straße herauf kamen nun mehrere Lastwagen mit Soldaten, zwei Panzerwagen und einige Motorräder. Das Feuer hielt an, bis mir klar wurde, daß die Schiffe angriffen. Etwas schwirrte an mir vorbei, ganz knapp über meinem Kopf. Es fühlte sich an wie ein Einmanngleiter. Diese genialen Geräte waren weit besser einzusetzen als Fallschirme, um Soldaten abzusetzen. Es sah so aus, als ginge hier ein Überfall vonstatten und wir säßen mittendrin.

Greaves und seine Burschen beschlossen, nicht vom ursprünglichen Plan abzuweichen. »Wir werden uns das Durcheinander zunutze machen«, erklärte er.

Birchington rief: »Ich sage, erst mal langsam! Vielleicht sollten wir abwarten und sehen, was ...«

»Keine Zeit!« brüllte Greaves. »Wir wissen nicht, was das alles zu bedeuten hat. Auf zu den Schiffen!«

»Aber angenommen ...«

»Halt's Maul, Birchington!« fuhr ich ihn an. Ich war bereit, mich Greaves Führung anzuschließen. Ich hatte den Eindruck, daß mir keine große Wahl blieb.

»Wartet!« kreischte der Ingenieur. »Laßt uns doch einen Augenblick nachdenken. Wenn wir einen kühlen Kopf bewahren ...«

»Sie werden Ihren Kopf an ein Samureischwert verlieren!« rief Greaves. »Nun halten Sie um Gottes willen den Mund, Birchington! Entweder Sie bleiben, wo Sie sind, oder Sie kommen schweigend mit.«

»Schweigend? Was wollen Sie eigentlich damit sagen, daß ...«

Seine grölende Stimme erweckte größere Furcht als alle Bomben oder Kugeln. Wir alle legten eine gewaltige Geschwindigkeit vor. Inzwischen ratterten Maschinengewehre, sowohl vom Boden wie von oben. Niemals zuvor habe ich um den Tod eines anderen menschlichen Wesens gebetet, aber in jener Nacht flehte ich inbrünstig, eine Kugel träfe Birchington zwischen die Augen und würde uns erlösen.

Die Japaner waren alle unterwegs zum Lager. Folglich kamen wir ganz gut durch. Noch suchten sie nicht nach entflohenen Häftlingen. Selbst wenn sie uns sähen, würden sie uns für feindliche Soldaten halten. Man würde uns dann zwar beschießen, aber nicht verfolgen.

Wir erreichten die Randbezirke der Stadt. Unbemerkt durch die Straßen zu schleichen, würde nicht so einfach werden.

Wieder hatten wir Glück, indem die Vorgänge hinter uns alle Soldaten und alle Aufmerksamkeit ablenkten. Birchingtons Aufschrei: »Jungs, wartet auf mich!« brachte uns in die größte Gefahr. Eine kleine Abteilung japanischer Infanterie hörte sein Gebrüll und begann sogleich, in die Allee zu schießen, in die wir eingebogen waren. Greaves sank zusammen mit zwei anderen zu Boden.

Ich kniete neben Greaves. Ich fühlte seinen Puls. Die Kugel hatte ihn in den Hinterkopf getroffen, er war auf der Stelle tot gewesen. Ein weiterer Geflohener war tot, doch der dritte war nur leicht verletzt. Er legte einen Arm über meine Schulter, und wir rannten weiter in Richtung Hafen. Zu diesem Zeitpunkt waren wir schon ziemlich hysterisch und brüllten Birchington heftig an, als japanische Soldaten wieder das Feuer auf uns eröffneten. »Halt's Maul, du blöder Idiot! Greaves ist tot!«

»Tot? Er hätte vorsichtiger sein müssen ...«

»Halt die Klappe, Birchington!«

Wir gelangten an den Kai und gingen schnurstracks wie geplant ins Wasser, um zu dem nächsten Schiff zu schwimmen, das verschwommen rot und weiß in der dunstigen Hafenbeleuchtung zu sehen war. Ich hörte Birchington hinter mir.

»Hört mal, Kumpels! So hört doch! Wußtet ihr denn nicht, daß ich nicht schwimmen kann?«

Diese Erkenntnis schien mir neue Kräfte zu verleihen. Ich stützte den Verletzten und schwamm auf das MTB zu. Einige der Luftschiffleute kletterten schon an den Wanten hinauf. Ich war erleichtert, keine weiteren Schüsse zu hören. Vielleicht war es uns letzten Endes gelungen, die Japaner zu überrumpeln.

Bis ich schließlich zu dem MTB gelangte, hatte man mir schon eine Strickleiter herabgelassen. Ich hob den Verletzten hoch und hielt die Leiter fest, während er hinaufstieg. Ich glaube, ich konnte noch Birchingtons schreckliches Kreischen vom Hafen hören:

»Hört doch, Jungs. Wartet einen Augenblick! Schickt ihr einen mit dem Boot, um mich abzuholen?«

Ich verhärtete mein Herz. In jenem Augenblick, das

muß ich gestehen, gab ich keinen Pfifferling für Birchingtons Leben.

Als ich schließlich auf Deck stand, keuchte ich vor Erschöpfung. Ich sah mich um und erwartete, gefangene japanische Seeleute zu sehen. Statt dessen erblickte ich die weißen Uniformen der Russischen Marine. Ein junger Leutnant mit schräg sitzender Mütze, aufgeknöpfter Jacke und Revolver und Säbel in Händen, salutierte mit seinem Schwert. »Willkommen an Bord!« sagte er in fehlerfreiem Englisch. Er strahlte mich mit dem wilden, sorglosen Grinsen an, wie ich es nur von Russen kenne. »Wir haben wohl beide die gleiche Idee gehabt«, sagte er. »Ich bin Leutnant Pjatnitzki, zu Ihren Diensten. Wir haben dieses Schiff zwanzig Minuten vor Ihnen übernommen.«

»Und die Luftschiffe dort hinten?«

»Russische. Wir bergen die Gefangenen. Ich hoffe, daß das gerade in dieser Minute abläuft.«

»Sie riskieren eine Menge für ein paar Gefangene«, sagte ich.

»Solange die Gefangenen auf der Insel sind«, erklärte Pjatnitzki sachlich, »können wir die Treibstofflager nicht bombardieren.«

Einer der englischen Seeleute sagte: »Armer Greaves. Starb für nichts und wieder nichts.«

Ich lehnte an der Reling. Vom Kai konnte ich noch Birchingtons klägliche Stimme hören, wie er heulte und bettelte: das Jammern eines verängstigten Kindes.

2

Wieder im Dienst

Hätte, bevor ich den Tempel von Teku Benga betrat, mir jemand gesagt, daß ich eines Tages mit Freuden bei den Russen in den Dienst träte, ich hätte ihn nicht nur ausgelacht, sondern ihm, wenn er hartnäckig dabei geblieben wäre, vermutlich eins auf die Nase gegeben. Zu jener Zeit stellten die Russen die größte Bedrohung unserer Grenzen in Indien dar. Häufig bestand die Gefahr eines offenen Krieges, denn es ist allgemein bekannt, daß sie zumindest in Afghanistan Ambitionen hatten. Die Tatsache, daß das Japanische Reich und das Russische Imperium bei der Frage in Streit geraten waren, welche Teile Südostasiens und Chinas unter ihre Herrschaft geraten sollten, war vermutlich das Glück der Briten. Der Krieg hätte einen ganz anderen Verlauf nehmen können, hätten Japaner und Briten sich verbündet und die russischen Bestrebungen von jenen zerfallenden Überresten des Chinesischen Reiches abgelenkt werden können. Ein wesentlicher Grund dafür lag natürlich bei Kerenski selbst. Der alte Präsident Rußlands – und die höchste Macht der sogenannten Union der Slawischen Republiken (im wesentlichen jener Länder, die das kaiserliche Rußland noch vor der sozialistischen Revolution erobert hatte) – sorgte sich beflissen um die Freundschaft mit Europa und Amerika, was bedeutete, daß er sehr darauf achtete, uns nicht vor den Kopf zu stoßen. Rußland mußte noch immer eine Menge Handwerkswaren ausführen und brauchte Märkte für seine landwirtschaftlichen Produkte. Außerdem wünschte es möglichst viele ausländische Investitionen und zeigte besonderes Interesse daran, amerikanisches und britisches Kapital anzuziehen. Seit der erfolgreichen und fast unblutigen Revolution vom Jahr 1905, die zu einer Zeit ausbrach, da ein anderer Krieg zwischen Rußland und Japan schwelte, hatte das Land große Fortschritte gemacht. Der ihm eigene humanistische Sozialismus hatte eine fast universelle Literatur gefördert, und seine medizinischen Geräte zählten zur Weltspitze. Es hatte eine aufstrebende, liberale Mittelklasse hervorgebracht, und man begegnete kaum noch jener Art Armut, für die Rußland in meiner Kindheit berühmt gewesen war. Alles in allem bestand nicht einmal in den konservativsten Kreisen ein Zweifel daran, daß es Rußland und seinen Herrschaftsgebieten dank Kerenski und seinen Sozialisten entschieden besser ging.

Ungeachtet der historischen Gründe bestand nichts Schändliches darin, sich den Russen gegen unseren gemeinsamen Feind anzuschließen. Als wir zuerst per U-Boot nach Wladiwostok und dann per Luftschiff nach Chabarowsk gebracht wurden, fragte ich mich, wie lange es wohl dauern würde, bis ich wieder tätig werden könnte. Allein schon die Gefangenschaft hatte meine Unzufriedenheit geweckt. Als uns die Nachricht erreichte, daß alle britischen Staatsbürger mit Luftschifferfahrung für die Luftwaffe der russischen Freiwilligenflotte gebraucht würden und daß Whitehall uns aktiv ermutigte, uns zu melden, unterzeichnete ich sogleich wie die meisten meiner Begleiter. Die wenigen, die wie ich militärische Erfahrung besaßen, konnten sich aussuchen, ob sie im Konvoi auf bewaffneten Handelsschiffen oder selbst auf Eskortierfregatten und Kreuzern Dienst tun wollten. Ich entschloß mich für die Fregatten. Ich empfand kein besonderes Bedürfnis, meine Mitmenschen umzubringen, doch ein Teil meiner selbst wollte im Rest des Krieges mehr als nur eine passive Rolle spielen. Ich wußte aus Erfahrung, daß die Politiker jedes Landes Haß und Rassengegensätze zu einem anderen Land heraufbeschwören können, so daß ich nicht mehr der Patriot von einst war. Persönlich jedoch – und ich weiß heute, daß das eine kindische Position war – hatte ich das Empfinden, daß ich durch die Japaner in eine Menge Schwierigkeiten geraten war und sie ebensogut wie jeden anderen bekämpfen konnte. Außerdem, so muß ich zugeben, hoffte ich, daß es nicht zu allzu heftigen Kampfhandlungen käme. Ich wollte gute, schnelle Schiffe fliegen. Und hier lag zumindest meine Chance.

Wir hatten ein Zwei-Wochen-Ausbildungsprogramm in und um Samara, in dessen Verlauf wir die Besonderheiten der russischen Schiffe kennenlernten, die hauptsächlich nach den Entwürfen des großen Ingenieurs Sikorski gebaut und ausgestattet waren und zu jener Zeit zu den modernsten der Welt gehörten; dann wurden wir verschiedenen Schiffen zugeteilt, um allgemeine Erfahrungen zu sammeln. Ich kam auf den Luftkreuzer *Wassarion Belinski*. Es war ein feines, leicht zu handhabendes Schiff, das von dem großen Lermontow-Aeropark ein paar Kilometer nördlich von Odessa ablegte. Odessa ist ein prächtiger internationaler Seehafen, die Heimat vieler hervorragender Dichter, Schriftsteller, Maler und Intellektueller. Ich hatte ein paar Tage Landgang in Odessa, bevor wir ablegten, und kostete diese Tage voll aus. Am Schwarzen Meer gelegen, war diese Stadt ziemlich vom Krieg verschont geblieben, und im Hafen lagen mehr Handels- als Kriegsschiffe. In den Straßen wimmelte es von Menschen aller Hautfarben und Nationen. Es roch nach Gewürzen und den Speisen von fünf Kontinenten, und in der Stadt herrschte selbst im Krieg eine fröhliche, sorglose Atmosphäre, die mir ein Beispiel für die beste Seite der slawischen Seele zu geben schien.

Odessa hat einen großen jüdischen Bevölkerungsanteil und gilt außerhalb der Provinz als die Hauptstadt des russischen Judentums (auch wenn die Provinz selbst im Rußland Kerenskis zusammen mit allen antijüdischen Gesetzen aufgehoben wurde) und ist voller Musik, gewitztem Handelsgeschäft und Romantik. Ich habe mich auf Anhieb in diese Stadt verliebt. Ich kenne keine andere Stadt, die ihr gleichkäme, und wünsche oft, ich hätte mehr Zeit damit zubringen können, ihre kleinen gewundenen Gassen, ihre Prachtstraßen und Promenaden, ihre Erholungsgebiete und Wasserläufe zu erkunden. Sie ist streng genommen keine russische Stadt. Sie ist ukrainisch, und die Ukrainer werden unumstößlich behaupten, daß die ›Ziegenbärte‹ (ihr Ausdruck für Großrussen) Eindringlinge sind, daß Kiew, die Hauptstadt der Ukraine, das wahre Zentrum slawischer Kultur darstellt und daß die Moskowiter Emporkömmlinge, Aufsteiger, Tyrannen, Imperialisten, Diebe, Abenteurer und noch Schlimmeres sind. Es ist richtig, daß die Zentralregierung in Moskau die meiste Macht über die Ukraine hat, doch in Odessa herrscht ein überwältigender Geist von Freiheit, der, so meine ich, alle Ergebenheit der Bewohner leugnet.

In Odessa erfuhr ich auch eine Menge über den weiteren Kriegsverlauf. Zu Lande hatte die Japaner anfangs viele Erfolge zu verzeichnen, wurden jedoch dann von britischer und russischer Infanterie zurückgeworfen; tatsächlich beherrschten sie zur Zeit weniger Gebiete als vor dem Krieg. Zu Luft und Wasser waren sie immer noch mächtig und darüber hinaus meisterhafte Strategen. Insgesamt waren wir optimistisch über den Verlauf, den der Konflikt nahm, denn die Holländer und Portugiesen standen ebenfalls auf unserer Seite, und wenngleich ihre

Luftstreitkräfte nicht groß waren, waren sie doch erstaunlich schlagkräftig.

Gewiß wäre der Krieg so gut wie vorbei gewesen, hätte es nicht in Rußland innenpolitische Probleme gegeben. Diese erwiesen sich allmählich unter der Bevölkerung von Odessa als wichtigeres Thema als der Krieg selbst. Vielleicht lag es am Krieg selbst, jedenfalls drohte in mehreren Teilen der USSR ein Aufstand. Tatsächlich waren ganze Teile der Ukraine in Händen militärischer Streitkräfte, die sich selbst Freie Kosaken nannten, viele von ihnen Deserteure verschiedener Kavallerie-Regimenter. Ich nahm an, daß es sich um entschiedene Slawophile handelte, die Kerenskis ›Europäisierung‹ ihres Landes ablehnten, und ›Nationalisten‹, da sie die Unabhängigkeit aller Territorien forderten, die nun das Russische Reich bildeten: Böhmen, Mähren, Polen, Finnland, Lettland, Estland, Bulgarien und so weiter. Ihre politischen Hintergründe und Forderungen wirkten eher verschwommen, waren sie auch in sozialistischer Terminologie formuliert, selbst wenn ich sie von allen Seiten erörtert hörte. Wenn sich die Leute auch ewig über die Auslegung ihrer Ideologien stritten, so stimmten doch alle überein in einer gewissen Begeisterung für die Führungspersönlichkeit der Umstürzler, den geheimnisvollen Mann, der allgemein unter dem Namen ›Der Stahlzar‹ bekannt war. Man glaubte, er stamme ursprünglich aus Georgien, und sein richtiger Name lautete Jossif Wissarionowitsch Dschugaschwili, ein Expriester mit messianischer Ausstrahlung. Er war als der Stahlzar bekannt, da er gern einen alten Metallhelm trug, der den größten Teil seines Gesichts verdeckte. Dafür kursierten viele Erklärungen: Einige glaubten, er wäre in einer Schlacht verstümmelt worden, andere meinten, er wäre von Geburt an mißgestaltet. Er sollte einen lahmen Arm oder künstliche Beine oder einen Buckel haben, wenn nicht gar überhaupt kein menschliches Wesen, sondern eine Art Automat sein.

Wegen der Atmosphäre, die Dschugaschwili umgab, wurde ich selbst von ebensolcher Neugier wie die Einheimischen geplagt. Ich verfolgte die Neuigkeiten über die Freien Kosaken so eifrig wie die über britische Luftschlachten über dem Pazifik.

In Odessa traf ich einen der Burschen, die mit mir im Lager gesessen hatten. Er wollte sich gerade auf einem britischen Handelsschiff einschiffen. Er berichtete mir, daß auch Birchington für die Russen arbeitete, wußte jedoch nicht genau, wo. »Vermutlich irgend etwas Technisches.« Olmeijer betrieb auf Jalta ein staatseigenes Hotel. Die schlechteste Nachricht jedoch betraf Dempsey. »Ich hörte, er wäre abgesprungen, noch ehe wir Japan erreichten. Schien Angst davor zu haben, was sie mit ihm anstellen würen, daß er verwundet, wie er war, es vorzog abzutauchen. Gott weiß, warum sie ihn so haßten. Haben Sie eine Ahnung, Bastable?«

Ich schüttelte den Kopf. Doch wieder empfand ich dieses eigentümliche Frösteln; eine Art Wiedererkennen, als *wüßte* ich irgendwo in meinem Innern, was Dempsey getan hatte.

Meine Beziehung zu Odessa war ebenso intensiv wie kurz, und ich empfand Wehmut, als ich per Zug zum Aeropark abreiste, als hätte ich jahrelang in dieser Stadt gelebt.

Die *Wassarion Belinski* war eine wahre Freude. Sie benutzte Flüssigballast, der ebenso wie ihr Gas erwärmt oder abgekühlt werden konnte, um das Gewicht zu verändern, und ihre Beschleunigung konnte, wenn wir dies brauchten, so raketenhaft sein wie ihr Flugtempo. Sie machte 320 km/h Spitzengeschwindigkeit, ließ sich jedoch mit gutem Wind im Rücken noch weiter beschleunigen. Die ganze Mannschaft bis auf mich bestand aus Russen. Kapitän L. W. Leonow war ein Luftschiffoffizier von großer Erfahrung, der hervorragend Englisch sprach. Mein eigenes Russisch war natürlich begrenzt, genügte jedoch, um Befehle entgegenzunehmen und angemessen zu reagieren. England hatte sich viele Jahre lang in der Luft ebenso erfolgreich gehalten wie auf See, so daß die meisten Luftschiffleute an Bord gern Englisch benutzten.

Als wir an einem kühlen, sonnigen Morgen den Lermontow-Aeropark verließen und in einer gemächlichen, sanften Kurve Höhe gewannen, wobei durch die Bullaugen immer mehr Steppe sichtbar wurde, gab Kapitän Leonow auf dem Steuerdeck seine Befehle aus und informierte, mit dem Rücken zum Steuermann, seine Offiziere über den Auftrag der *Belinski*.

Ich war nicht der einzige, der gleichzeitig überrascht und enttäuscht war. Es sah so aus, als wären wir Opfer eines typischen Falles Moskauer Bürokratiegemauschels, und ich (der ich mich für mindestens ein Jahr verpflichtet hatte) konnte nicht das geringste dagegen unternehmen.

Leonows ausgeprägt russisches Gesicht war nüchtern und seine Stimme wohlklingend, als er uns unsere Befehle vorlas. Mit typisch russischer Höflichkeit sprach er mir zuliebe englisch.

»Wir sollen so schnell wie möglich nach Jekaterinoslaw fliegen, das augenblicklich unter einem schweren Angriff der aufständischen Streitkräfte steht. Wir schließen uns anderen Schiffen unter dem Oberbefehl von Luftadmiral Krassnow an.« Er zog die Brauen zusammen. Es war offenkundig, daß ein solcher Auftrag nicht nach seinem Geschmack war, da er ihn zwang, Befehle zu erteilen, die unausweichlich zum Tod anderer Russen führen mußten.

Die Neuigkeiten versetzten alle in Aufregung. Sie hatten damit gerechnet, ihr Land gegen die Japaner zu verteidigen. Statt dessen wurden sie zu innenpolitischen Pflichten der Art abkommandiert, wie alle Offiziere sie abscheulich und erniedrigend finden. Mir machte es nichts aus, eine Begegnung mit den Japanern zu versäumen, doch es tat mir von Herzen leid, daß ich kein richtiges Luftgefecht erleben sollte. Ich hatte mich aus einer Mischung von Verzweiflung und Langeweile heraus zur Armee gemeldet. Es sah so aus, als wäre ich zur Fortführung dieses Zustandes verurteilt. Darüber hinaus würde ich früher oder später Blut an den Händen haben, und es wäre das Blut von Menschen, gegen die ich absolut nichts hatte. Ich hatte nicht die geringste Vorstellung, wie das Ganze ausgehen würde. Sozialisten liegen einander immer in den Haaren wegen des stark messianischen Elements ihrer Auffassungen, und ich konnte keinen großen Unterschied zwischen der Einstellung von Kerenski und der von Dschugaschwili feststellen. Mein einziger Trost war, daß ich wenigstens die Gelegenheit hätte, den Stahlzar (oder zumindest seine Taten) aus erster Hand zu beobachten.

Pilniak, ein zweiter Leutnant, ungefähr in meinem Alter mit riesigen braunen Augen und einem ziemlich mädchenhaften Gesicht (obgleich es in keiner Weise verzärtelt war), packte mich am Schulterteil meiner Uniform (wie er trug ich das Hellblau der Russischen Freiwilligen Luftwaffe) und lachte.

»Nun, Mister Bastable, dann werden Sie mal ein paar Kosaken sehen, wie? Ein Stück Wirklichkeit, wie es den meisten Europäern abgeht.« Er sprach leiser und etwas mitfühlend: »Stört es Sie? Daß es nun der Stahlzar ist statt Mikado?«

»Keine Spur«, sagte ich. Schließlich, dachte ich boshaft,

war ich ja ursprünglich dazu ausgebildet worden, die Russen zu bekämpfen. Doch es ist mir niemals gelungen, in Zynismen Trost zu finden, und auch jetzt hielt er nur ein paar wenige Sekunden vor. »Vielleicht bekommen wir heraus, ob er ein Mensch ist oder nicht.«

Pilniak wurde ernst. »Er ist ein Mensch. Und er ist grausam. Die ganze Sache ist mit ihren Übertreibungen reichlich altmodisch. Schließlich behaupten alle, Sozialisten und Nationalisten zu sein. Sie wollen die Uhr zurückstellen auf die Zeit Iwans des Schrecklichen. Sie bringen es fertig und vernichten Rußland und die ganzen Errungenschaften der Revolution. In einer oder in zwei der von ihnen eroberten Städte gab es Pogrome, und Gott allein weiß, was in den ländlichen Gegenden passiert. Sie müssen so schnell wie möglich aufgehalten werden. Doch die ganze Zeit über erhalten sie Unterstützung aus der Bevölkerung. Der Krieg fördert diese Urgefühle zutage. Sie sind nicht immer unter Gewalt zu bekommen. Unsere Zeitungen rühren die Trommel für Slawophilie und Nationalismus, um unsere patriotischen Gefühle gegen die Japaner zu wecken – und dann geschieht das.«

»Sie sprechen ja, als wäre dieser Aufstand unvermeidlich gewesen.«

»So schätze ich das auch ein. Vor vielen Jahren versprach Kerenski uns den Himmel auf Erden. Und nun stellen wir fest, daß wir nicht nur den Himmel nicht erreicht haben, sondern uns mit der Hölle in Form einer Invasion konfrontiert sehen. Dieser Krieg wird viele Narben zurücklassen, Mister Bastable. Wenn er vorüber ist, wird unser Land nicht mehr das gleiche sein.«

»Stellt der Stahlzar denn eine echte Bedrohung dar?«

»Was er vertritt, Mister Bastable, ist eine echte Bedrohung.«

3

Aufständische Kosaken

Bald lag Jekaterinoslaw unter uns, und es war offenkundig, daß in der Stadt gekämpft wurde. Wir sahen überall Rauch und Flammen, kleine Gruppen von Leuten, die in den Vorstädten umherliefen, und vernahmen das Dröhnen von Kanonenfeuer und die leise klackenden Geräusche von Gewehrschüssen.

Jekaterinoslaw war eine Stadt im altrussischen Stil mit vielen Holzhäusern. Hohe Bauten mit üppigen Schnitzereischmuck, die vertrauten Zwiebeltürme der Kirchen, Spitztürme, mehrere Backsteingebäude und Läden in Nähe des Zentrums.

Am nahen Dnjepr-Ufer brannten die Schiffe oder waren gesunken. Gelegentlich strich ein Schiff, dessen Schaufeln das Wasser aufschäumten, an der Stadt vorüber und jagte hin und wieder ein, zwei Geschosse hinein. Offensichtlich handelte es sich hierbei um von Aufständischen befehligte Kriegsschiffe.

Pilniak kannte Jekaterinoslaw ziemlich gut. Er stand neben mir und benannte die Straßen und Plätze. In einiger Entfernung der Stadt, zwischen zerstörten Bauernhäusern und niedergewalzten Feldern, sahen wir das Hauptlager der Kosaken; ein Gewirr von Zelten aller Art und provisorischen Hütten mit mehr als einem Eisenbahnwaggon, denn die Haupteisenbahnlinie nach Jekaterinoslaw und ein Großteil des Lagers waren erobert worden.

»Das ist sie«, erklärte Pilniak ziemlich aufgeregt. »Die Horde der Freien Kosaken. Beeindruckend, das müssen

Sie schon zugeben.« Er hob ein Fernglas an die Augen. »Der Großteil ihrer Artillerie steht weiter unten bei ihren Panzerwagen. Sie haben die Kavallerie für den letzten Angriff aufgehoben. Das da unten müssen zehntausend Pferde sein.«

»Gegen Luftschiffe werden die nicht viel ausrichten können«, wandte ich ein. »Für mich sehen sie wie ein ziemlich undisziplinierter Haufen aus.«

»Warten Sie, bis Sie sie kämpfen sehen. Dann werden Sie erfahren, was es mit der Kavallerietaktik auf sich hat.«

In Wirklichkeit tat es mir in der Seele gut, jemanden derartig reden zu hören. Das letzte Mal hatte ich Menschen im Chaos meiner eigenen Welt von 1902 über Kavallerietaktik sprechen hören.

»Sie reden, als ständen Sie auf deren Seite«, sagte ich.

Er hielt inne, senkte sein Fernglas und sagte dann ernst: »Alles Freiheitliche im russischen Herzen wird von den Kosaken repräsentiert. Alle unsere Sehnsüchte widerspiegeln sich in ihrer Lebensweise. Sie sind grausam, häufig Analphabeten und nach Petersburger Maßstäben gewiß ungebildet, aber sie sind ... es sind die Kosaken. Die Zentralregierung hätte niemals die Wehrpflicht durchsetzen dürfen. Sie hätten sich freiwillig gemeldet, wenn ihre Zeit reif gewesen wäre. So aber wollten sie zeigen, daß sie Herr ihrer Entscheidungen sind und daß nicht Petersburg cs ist.«

»Diese Rebellion ist also eine Folge der Wehrpflicht?« Davon hatte ich in Odessa nichts gehört.

»Sie ist einer der Gründe. Es gibt viele. Die Kosaken genossen traditionell eine gewisse Autonomie. Als die Zaren sie ihnen zu nehmen versuchten, zogen sie sich damit nur Ärger zu. Sie haben große Gemeinschaften; wir nennen sie Horden. Sie wählen ihre eigenen Führer und sind in diesen Dingen sehr empfindlich, Mister Bastable.«

»Offensichtlich«, sagte ich. »Sie haben also das Gefühl, daß Sie in der Zerschlagung dieses Aufstands in gewisser Weise Ihre eigene Vorstellung von Freiheit und Romantik vernichten?«

»Ich glaube schon«, antwortete Pilniak. Er zuckte mit den Schultern. »Aber wir haben unsere Befehle, wie?«

Ich seufzte. Ich beneidete ihn nicht um seinen Konflikt.

Inzwischen hatten die Kosaken das Schiff erspäht. Vom Boden kamen Artilleriefeuer und ein paar Gewehrschüsse, aber glücklicherweise besaßen sie wenige oder keine Flugabwehrgeschütze. Die armen Teufel würden regelrechte Zielscheiben für unsere Bomben abgeben.

Das Schiff drehte langsam in Richtung auf den Aeropark im Süden der Stadt. Hier sollten wir auf die anderen Schiffe der Freiwilligen Flotte treffen.

Pilniak spähte weiter durch sein Fernglas. »Sieht so aus, als ob sie noch nicht da sind«, sagte er. »Die Kosaken wissen, daß sie nun nicht mehr viel Zeit haben.«

»Werden sie versuchen, die Stadt ausschließlich mit Kavallerie zu nehmen?«

»Es wäre nicht das erste Mal, daß es ihnen gelingt. Aber sie haben noch eine gewisse Menge Deckungsfeuer und ein paar Panzerwagen.«

»Wer verteidigt Jekaterinoslaw?« erkundigte ich mich.

»Ich glaube, wir haben vor ein paar Tagen Infanterie dort abgesetzt, und sie haben auch, wie Sie sehen können, einige Artillerie. Man hat sie nur geschickt, um bis zu unserer Ankunft auszuhalten, wenn ich mich nicht täusche.«

Nun konnten wir den Aeropark sehen. Am Mast lag bereits ein halbes Dutzend ansehnlicher Schiffe vertäut. »Das sind Truppentransporter«, erklärte Pilniak und deutete auf das größte Schiff. »Nach der Art, wie sie in der Luft hängen, würde ich sagen, daß die meisten Burschen noch an Bord sind.«

Noch während er sprach, kam der Kapitän hinter uns an Deck und begrüßte uns. »Meine Herren, wir haben unsere Funkbefehle.«

Wir traten auf ihn zu. Er wischte sich mit einem großen braunen Taschentuch über die Stirn. Er schien seine eigene Erregung kaum zurückhalten zu können. »Wir nähern uns in Schwadron mit drei anderen Schiffen, angeführt durch die *Afanasi Turchaninow,* und werden dort über dem Rebellenlager unsere Bomben abwerfen, noch bevor sie ihre Pferde wegführen können.« Ihm wurde offensichtlich übel von seiner eigenen Erklärung. Was immer die Kosaken getan hatten, wie grausam sie auch waren, wie irrsinnig ihre Bestrebungen sein mochten, eine solche Art zu sterben verdienten sie nicht.

Seine Erklärung wurde auf dem ganzen Steuerdeck mit Stillschweigen aufgenommen.

Der Kapitän räusperte sich. »Meine Herren, wir befinden uns im Krieg. Diese Soldaten dort unten sind ebensolche Feinde Rußlands wie die Japaner. Man könnte sogar sagen, sie sind schlimmer, denn es sind Verräter, die sich in der Stunde höchster Not gegen ihr eigenes Land kehrten.«

Er sprach ohne wirkliche Überzeugung. Es wäre gleichgültig gewesen, wenn es sich bei einem Großteil der Reiter um Japaner gehandelt hätte; was wir vorhatten, schien in jedem Fall verabscheuungswürdig unsportlich. Ich hatte das Gefühl, das Schicksal hatte mich wieder in eine moralische Situation gelockt, über die ich nicht die geringste Gewalt besaß.

Einige meiner Offizierskollegen blickten finster drein und stimmten ein Gemurmel an. Pilniak salutierte vor

Kapitän Leonow. »Sir, müssen wir die Bomben direkt auf die Kosaken werfen?«

»So lauten unsere Befehle.«

»Könnten wir nicht einfach um sie herum bombardieren, Sir?« fragte ein anderer junger Offizier. »Um ihnen Angst einzujagen.«

»Das entspricht nicht unseren Befehlen, Kostomarow.«

»Aber Sir, wir sind Luftschiffleute. Wir ...«

»Wir sind Diener des Staates«, beharrte der Kapitän, »und der Staat verlangt, daß wir die Kosaken bombardieren.« Er kehrte uns den Rücken zu. »Runter auf sechzig Meter, Höhensteuermann!«

»Sechzig Meter, Sir.«

Das Gebrummel hielt an, bis der Kapitän mit zorngerötetem Gesicht herumwirbelte. »Auf Ihre Posten, meine Herren! Bombardiers: Überprüfen Sie Ihre Hebel!«

Grimmig taten wir, wie uns geheißen. Von den Masten, die nun hinter uns lagen, stiegen drei weitere Schiffe auf. Zwei brachten sich auf der Back- und Steuerbordseite in Position, während das Führungsschiff uns überholte. Eine Friedhofsatmosphäre lastete über der ganzen Operation. Der Kapitän erteilte mit leiser, ausdrucksloser Stimme seine Befehle.

Das Funkgerät begann zu summen. Der Funker setzte seine Kopfhörer auf. »Es ist das Flaggschiff, Sir«, meldete er. Der Kapitän trat an die Anlage und lauschte. Er nickte ein- oder zweimal und erteilte dem Steuermann neue Befehle. Er wirkte fast fröhlich. »Meine Herren«, sagte er, »die Kosaken greifen bereits an. Unsere Aufgabe wird nun in dem Versuch bestehen, sie zu spalten.«

Diese Aufgabe begeisterte uns kaum; aber alles andere erschien uns besser, als das Lager zu bombardieren. Zumindest wäre es ein bewegliches Ziel.

4

Die schwarzen Schiffe

Ich bezweifle sehr, Moorcock, daß Sie jemals das Erlebnis haben werden, sich einem Schlachtenangriff der Kosaken gegenüberzusehen oder auch nur Zeuge dessen vom Steuerdeck eines hochtechnisierten Luftkreuzers aus werden.

Angeführt von Admiral Krassnows Flaggschiff, stürzten wir immer tiefer und tiefer dem Boden entgegen, um unseren Lufttorpedos besondere Treffsicherheit zu verleihen. Als wir näher kamen, befanden wir uns in kaum fünfzehn Meter Höhe, und vor uns erhob sich eine Wolke schwarzen Staubs, in dem die Umrisse von Männern und Pferden zu erkennen waren. Dies sah zumindest mehr nach einem fairen Kampf aus.

Kapitän Leonow stand auf der Brücke, spähte nach vorn und erteilte das Kommando:

»Erste Salve los!«

Hebel wurden gedrückt, und aus den Rohren im Bug der Gondel pfiffen Lufttorpedos auf die grölende Kosakenhorde zu. Die Torpedos verursachten ein schrilles Geräusch, als sie mit ihren kurzen Flügeln die Luft durchpflügten, dann erscholl ein tiefes *Bumm,* als sie in die Reihen der Kosaken einschlugen. Doch obwohl sie zwangsläufig tödliche Wirkung hatten, schienen sie die Wucht des Angriffs nicht im geringsten zu bremsen.

Als nächstes warfen wir, als die Reiter unter uns dahingaloppierten, unsere Bomben ab und stiegen gleichzeitig auf, um dann erneut hinabzuschießen und eine zweite Torpedosalve loszulassen. Das Schiff ächzte beim raschen Drehen und Zurückdrehen des Steuerrades unter der sicheren Hand des Höhensteuermanns. Niemals zuvor hatte ich ein so unbeirrbares Schiff geflogen, und während wir unser blutiges Geschäft verrichteten, betete ich um die Gelegenheit eines richtigen Postens auf einem Schiff mit solcher Manövrierfähigkeit. Die Kosaken teilten sich, als wir wieder hinabstießen, und zuerst sah es so aus, als wären sie in Panik. Dann wurde mir klar, daß es ein taktisches Aufteilen war, um aus unserer direkten Schußlinie zu kommen. Sie zeigten außerordentlich disziplinierte Reiterei. Nun verstand ich, wovon Pilniak gesprochen hatte. Und voller Bewunderung für soviel Geschick und Mut fühlte ich mich noch unwohler in der Rolle, in die ich geraten war.

Auf einen Funkbefehl vom Flaggschiff hin warfen wir den Rest unserer Bomben ab und stiegen rasch auf. Nun konnten wir die Folgen unseres Angriffes sehen. Überall lagen tote und sterbende Männer und Pferde. Der Boden war von Kratern aufgewühlt und besudelt mit rotem Fleisch und zerschlagenen Knochen. Es war ekelerregend.

Pilniak standen Tränen in den Augen. »Dafür mache ich diesen *Starez* verantwortlich, diesen verrückten Pfaffen Dschugaschwili. Er ist kein Sozialist. Er ist ein wahnsinniger Nihilist, der die Leben dieser armen Burschen verspielt hat.«

Häufig genug überträgt man eigene Schuld auf einen verfügbaren Schurken, doch ich mußte zugeben, daß ich in bezug auf den sogenannten Stahlzar einer Meinung mit ihm war.

Aber ich wünschte mir nun nicht zum ersten Mal, das Luftschiff wäre niemals erfunden worden. Seine Vernichtungskapazität war erschreckend.

Kapitän Leonow stand bleich und stumm auf der Brükke. Er erteilte seine Befehle in leisem, knappem Russisch. Wann immer mein Blick den eines Kameraden traf, hatte ich den Eindruck, daß uns die gleichen Gedanken bewegten. Das konnte der Anfang eines Bürgerkriegs sein. Und es gibt keinen schrecklicheren Krieg, keinen, der die Sinnlosigkeit der Tatsache, daß Menschen Menschen töten, drastischer offenbart. Ich bin vom Schicksal aus unbegreiflichen Gründen oder vielleicht auch ganz ohne Grund ausersehen worden, die scheußlichsten Beispiele wahnsinniger Kriegsführung (und mir erscheint alle Kriegsführung wahnsinnig) mitzuerleben und mir von ansonsten durchaus vernünftigen Leuten die lächerlichsten Erklärungen bezüglich ihrer Notwendigkeit anzuhören. Ich bin den Streit längst müde geworden, Moorcock. Wenn ich Ihnen versöhnlicher erscheine als bei meiner ersten Begegnung mit Ihrem Großvater, dann deshalb, weil ich gelernt habe, daß nicht Individuen für Kriege verantwortlich sind – wir alle sind zur gleichen Zeit verantwortlich für die Übel des menschlichen Lebens. Und als ich dies begriffen hatte – und ich bin dabei, Ihnen zu erzählen, wie es dazu kam –, brachte ich auch mir und anderen gegenüber eine gewisse Toleranz auf, wie ich sie zuvor niemals besessen hatte.

Es war uns nicht gelungen, den Angriff der Kosaken aufzuhalten, auch wenn wir ihn geschwächt hatten. Als wir zum Aeropark zurückkehrten, durchschaute ich den zweiten Teil unserer Strategie. In den Randbezirken der Stadt setzten die riesigen Truppentransporter ihre ›Fracht‹ ab.

Jeder Soldat fiel auf seinen eigenen dünnen Flügeln aus den großen Gondeln.

In loser Formation schwebten die abgesprungenen Infanteristen der Erde zu, steuerten ihren Flug mit den seidenen Segeln selbst, stellten sich am Boden neu auf, falteten ihre Flügel in ihr Gepäck und marschierten auf die bereits vorbereiteten Schützengräben zu. Als nächstes wurden an großen Fallschirmen Artillerieteile gelandet und in Aufstellung gebracht. Als die Kosakenhorden sich den Vorstädten näherten, trafen sie auf plötzliches Feuer. Ich hörte Flinten und Maschinengewehre, das Dröhnen von Haubitzen und Feldgeschützen.

Pilniak sagte zu mir: »Ich wünschte, ich wäre da drunten bei ihnen.«

Ich wünschte nur, ich wäre weit fort von Jekaterinoslaw gewesen. »Führt der Stahlzar seine eigenen Angriffe an?« fragte ich. Vielleicht hoffte ich, der Mann wäre endlich für seinen Irrsinn gefallen.

»Man erzählt es sich.« Pilniak schnitt eine Grimasse. »Aber wer will das so genau wissen? Ich nehme an, er ist schon ein recht alter Mann.«

»Ich frage mich, wie ein georgischer Priester zum Kosaken-Ataman werden kann«, sagte ich. »Kommt Ihnen das nicht eigentümlich vor?«

»Er hat hier schon seit Jahren gelebt. Ein Kosak ist ein Typ von Mensch, kein Angehöriger einer Rasse oder so. Sie wählen ihre Anführer, wie ich Ihnen erzählt habe. Er muß Mut und eine starke Persönlichkeit besitzen. Außerdem, vermute ich, hat er den Dreh heraus, an den Stolz des Volkes zu appellieren. Die Zentralregierung hat die Kosaken gedemütigt, die wohl wissen, daß die Revolution ohne ihre Unterstützung gescheitert wäre. Die Revolution nahm ihren Anfang, wo alle unsere früheren Aufstände begannen, hier im Süden, in den ›Grenzgebieten‹ (denn das bedeutet Ukraine). Es hätte in Pogrome und Massenmord ausarten können, aber die Kosaken waren vom Zaren mißhandelt und im Krieg gegen Japan mißbraucht worden, so daß sie sich auf die Seite der Sozialisten stellten und dazu beitrugen, das erste wirksame Parlament, unsere Duma, zu schaffen, worauf Zar Nikolaus abdankte. Die Kosaken waren es, die Kerenski auf den Präsidentenstuhl hoben. Kosaken waren es, die sein Bild anstelle das des Zaren setzten.«

»Ihr und eure Heiligenbilder ...«, hob ich an, aber Pilniak war nicht zu bremsen.

»Natürlich fühlen sich die Kosaken von Kerenski gedemütigt. Sie brachten ihn um den Preis ihrer Selbständigkeit an die Macht. Nun sehen sie, wie er sie verrät und ihre Freiheiten angreift. Als er an jenem Tag im Oktober 1905 vor der Duma und den Kosakenhorden stand, sprach er von ›ewiger Freiheit‹ für die Kosaken. Nun begeht er anscheinend genau die gleichen Fehler wie Zar Nikolaus – und zahlt dafür den Preis.«

»Sie scheinen recht schwankend in Ihrer Gefolgschaftstreue«, warf ich ein.

»Ich bin unseren sozialistischen Idealen treu. Kerenski ist alt. Vielleicht ist er schlecht beraten, ich weiß es nicht.«

Ich blickte voller Staunen zurück aufs Schlachtfeld. Daß diese wilden, atavistischen Reiter soviel Einfluß auf den Verlauf der modernen Geschichte nehmen konnten! Wenn es stimmte, daß sie nur ihr eigene Freiheit und nicht politische Macht als solche gefordert hatten, dann war es nicht erstaunlich, daß sie sich von jenen, die sie unterstützt hatten, verraten fühlten. In der Geschichte hatte es viele Völker gegeben, die die gleichen Erfahrungen hatten machen müssen.

»Dschungaschwili verspricht, ihnen ihre alten Freiheiten zurückzugeben«, sagte Pilniak bitter, »doch die einzige Freiheit, die er augenblicklich gewährt, ist die zu sterben. In seinem Herzen ist er immer noch ein Bauernpriester. Durch diese Pfaffen liegt ein Fluch über Rußland. Sie haben etwas an sich, dem das russische Volk schwer widerstehen kann.«

»Hoffnung?« fragte ich trocken.

»Früher einmal, ja. Aber heute? Unser Land hat eine umfassende Bildung, und unser kostenloses Gesundheitswesen erweckt den Neid der ganzen Welt. Unser Lebensstandard ist höher als in den meisten anderen Ländern. Wir sind wohlhabend. Warum sollten sie einen *Starez* brauchen?«

»Sie erwarteten den Himmel. Das sagten Sie selbst. Doch eure sozialistische Duma scheint ihnen nur die Erde geschenkt zu haben. Diese Wirklichkeit ist ihnen, wenn auch verbessert, doch wohlbekannt.«

Pilniak nickte. »Wir Slawen haben immer mehr erhofft. Doch bis zu Kerenski bekamen wir weit weniger. Was könnte der Stahlzar für uns tun?«

»Die persönliche Verantwortung abnehmen«, sagte ich.

Pilniak lachte. »Davon waren wir nie begeistert. Ihr Angelsachsen habt den Löwenanteil daran.«

Ich ging auf seine Spitze nicht ein. Als Pilniak das sah, fügte er freundlich hinzu: »Wir werden in gewisser Weise immer noch von unserer Kirche regiert. Wir sind ein Volk, das stärker unter der Religion, ihren Auswirkungen und Vorspiegelungen zu leiden hat als andere Völker. Vielleicht bietet uns der Stahlzar mit seinem messianischen Sozialismus wieder eine Religion. Ihr Engländer empfandet nie das gleiche Bedürfnis nach Gott. Wir haben Eroberung und Elend zu oft erlebt, um ihn gänzlich zu ignorieren.« Er zuckte mit den Schultern. »Alte Gewohnheiten, Mister Bastable. Religion ist ein Wundermittel. Wir haben eine große Neigung, unser Elend in mystische und utopische Begriffe zu kleiden.«

Ich begann ihn zu verstehen. »Und eure Kosaken sind bereit zu töten, um den Traum zu vollenden, anstatt

Kerenskis Philosophie des Kompromisses anzunehmen?«

»Sie sind, um ehrlich zu sein, auch bereit, für den Traum zu sterben«, sagte er. »Sie sind Kinder. In diesem Sinn sind sie echte Gläubige. Es ist noch nicht lange her, daß alle Russen Kinder waren. Wenn es nach Dschugaschwilis Kopf geht, werden sie es bald wieder werden. Kerenskis Fehler ist es immer gewesen, daß er es abgelehnt hat, ein Patriarch zu werden – oder, wie Sie sagten, ein Heiligenbild.« Er lächelte. »Obwohl manchmal nicht viel dazu fehlte. Der Sozialismus von Petersburg erscheint den Kosaken kalt; sie würden lieber Persönlichkeiten verehren als Ideen bejubeln.«

Ich hielt mit seiner Ironie mit. »Sie sprechen über sie, als wären es Amerikaner.«

»Es steckt in uns allen, Mister Bastable; besonders in angespannten Zeiten.«

Die Kreuzer näherten sich nun dem Mast und machten sich bereit zum Ankern. Kapitän Leonow erinnerte uns an unsere Pflichten, und wir nahmen unsere Posten auf der Brücke ein.

Wir sollten niemals anlegen.

Als die Sonne über der Steppe zu sinken begann und die Landschaft mit diesem weichen russischen Zwielicht erfüllte, deutete Pilniak aufgeregt nach Osten.

»Schiffe, Sir!« rief er dem Kapitän zu. »Etwa zehn!«

Sie rückten rasch näher: Kriegsschiffe mittlerer Größe, schwarz vom Gipfel bis zur Gondel und ohne alle Hoheitsabzeichen oder Aufschriften, und sie eröffneten im Flug das Feuer.

Uns blieben nur unsere leichten Gewehre; Bomben und Torpedos besaßen wir nicht mehr. Diese Schiffe hatten mit ihrem Angriff offenbar gewartet, bis wir unsere Hauptmunition verschossen hatten.

Einer der anderen Kreuzer war Ziel einer schrecklichen Bombardierung, die so schwer war, daß er just in dem Augenblick seitwärts kippte, als seine Taue mit dem Mast verbunden wurden. Er unternahm einen Versuch, mit der Nase voraus wieder hochzukommen, doch Explosionsgeschosse schlugen mit gewaltiger Kraft in Hülle und Gondel. Ein oder zwei seiner Geschütze gingen los und wurden mit noch heftigerem Sperrfeuer beantwortet. Sie mußten volle Treibstofftanks getroffen haben, denn auf der Steuerbordseite der Gondel brach Feuer aus. Sie wies ebenfalls ein Loch auf und zuckte wie ein harpunierter Wal, als sie auf die Gebäude des Aeroparks zustürzte, gegen einen Mast fiel, hinabsackte und am Boden kraftlos zusammenfiel. Die Bodenmannschaften liefen schnell auf das Schiff zu, um das Feuer zu bekämpfen und wenn möglich seine Besatzung zu retten.

Hastig beorderte Kapitän Leonow unsere Bordschützen auf ihre verschiedenen Posten in der Gondel.

»Wem gehören diese Schiffe?« brüllte ich Pilniak zu.

Er schüttelte den Kopf. »Ich weiß es nicht, aber es sind offensichtlich keine Japaner. Sie kämpfen für die Kosaken.«

Kapitän Leonow stand am Funkgerät und beriet sich mit Krassnows Flaggschiff, das nun, wie wir sehen konnten, unter starkem Beschuß stand. Die schwarzen Schiffe schienen sich jeweils einen unserer Kreuzer vorzunehmen. Er sprach in schnellem Russisch. *»Da ... da ... ja panimaju ...«* Dann: »Sechshundert Meter, Höhensteuermann! Volle Kraft, Mindestabstand.« Das bedeutete, daß wir uns nun Köpfe und Magen halten mußten, als das Schiff nach oben zu schießen begann.

Wir klammerten uns an die Handläufe. Beim Aufstieg versuchten wir auch, unsere rückstoßfreien Dreißigpfünder auf die schwarzen Schiffe unter uns zu richten. Es war ein prächtiges Stück Luftfahrerkunst und wurde fast auf der Stelle belohnt, als wir zwei gute Treffer bei einem der führenden Feindschiffe landen konnten. Obgleich sich mir der Kopf drehte, empfand ich ein Hochgefühl. Dafür hatte ich mich zur Armee gemeldet!

Zwei Feindschiffe lösten sich aus der Flotte und nahmen Kurs auf uns, jedoch ohne die Geschwindigkeit, die Präzision und die absolute Geschicklichkeit der *Wassarion Belinski*. Wir besaßen zu jenem Zeitpunkt wenig mehr als unsere personelle Überlegenheit, denn sie hatten mehr Waffen und waren uns zahlenmäßig überlegen. Wir stiegen weiter, nun jedoch langsamer, und beschossen immer noch die beiden schwarzen Schiffe, die unerschütterlich und todbringend nach oben schwebten, wie Haie, die sich zum Töten bereitmachten.

Wir erreichten die Wolken.

»Halbe Kraft voraus!« hieß Kapitän Leonow den Steuermann. Er war nun ganz ruhig, ein eigentümliches Lächeln stand auf seinem Gesicht. Offensichtlich zog er diese Art von Kampf, wie gefährlich sie auch sein mochte, jener, an der wir teilzuhaben vorher gezwungen waren, entschieden vor.

»Stoppt die Maschinen!« befahl der Kapitän. Nun ließen wir uns im Schutz der Wolken für unsere Feinde unhörbar treiben.

»Werden wir sie angreifen, Sir?« wollte Pilniak wissen.

Leonow schürzte die Lippen. »Ich glaube, es wird uns nichts anderes übrigbleiben, Leutnant Pilniak. Doch ich möchte uns so viele Vorteile wie möglich verschaffen. Drehen Sie die Hauptpropeller zwei Strich nach Backbord, Steuermann!«

Das Schiff begann sich langsam zu drehen.

»Noch zwei Strich«, sagte der Kapitän. Seine Augen waren kalt und hart, als er in die Wolken spähte.

»Noch einen Strich.« Wir hatten eine fast vollständige Drehung vollzogen.

»Maschinen an!« befahl Leonow. »Volle Kraft voraus.«

Unsere Dieselmotoren sprangen kreischend an, als wir wieder in den offenen Himmel stießen. Er war blaßgrau, die Wolken hingen unter uns, und über uns setzte die Dunkelheit ein. Wir konnten bei Nacht genausogut kämpfen, indem wir unsere Suchscheinwerfer benutzten, um unsere Gegner aufzuspüren. Es würde ein Versteckspiel bis zur Morgendämmerung werden. Kapitän Leonow bereitete sich voll darauf vor und versuchte Zeit zu gewinnen. In der Zwischenzeit hatte unser Schwesterschiff die gleiche Taktik entwickelt. Wir hatten keine große Wahl, denn in jedem direkten Kampf wären wir völlig hilflos.

»Maschinen aus!« Wieder drifteten wir dahin und warteten, daß eines der schwarzen Schiffe in Sicht käme. Ein Wind riß an unseren Kabeln, so daß sie zu singen begannen. Über uns erschienen allmählich Sterne.

Pilniak schauderte. »Es ist, als hätte die Welt aufgehört zu existieren«, murmelte er.

Dann erblickten wir sie unter uns und etwa achthundert Meter vor uns.

Sie hatten uns ebenfalls gesehen und stiegen rasch herauf. »Maschinen an! Volle Kraft!«

Wieder kreischten unsere Dieselmotoren.

»Hart drei Strich Steuerbord, Steuermann!«

Wir schwenkten herum, so daß wir uns den schwarzen Schiffen seitwärts näherten.

»Feuert alle Geschütze!«

Wir boten ihnen eine Breitseite, meiner Ansicht nach ein Meisterstück der Schützenkunst, jagten eine Flut von Geschossen in Richtung beider Schiffe, die dicht nebeneinanderflogen.

Eines trafen wir schwer, beschädigten offenbar seine Motoren, denn es begann sich im Wind zu drehen und war völlig außer Kontrolle. Wir besaßen keine Sprenggeschütze, und die Hülle des Feindes konnte allem außer einem Volltreffer unserer Geschütze aus nächster Nähe standhalten; also konzentrierten wir uns auf ihre Höhenpropeller und Motoren. Das war das einzige, was wir tun konnten.

Das zweite Schiff machte sich daran, in den tieferen Wolken Deckung zu suchen, und nun sahen wir, daß es in Funkverbindung mit seinen Begleitern stand, denn als das beschädigte Schiff sich zurückzog, machten sich zwei neue an den Aufflug. Von unseren eigenen Schwesterschiffen konnten wir nichts sehen und mußten annehmen, daß sie entweder die Flucht ergriffen hatten oder abgeschossen worden waren.

Die Gondel schaukelte heftig, und ich verlor fast meinen Halt, als unsere Hülle schließlich einen direkten Treffer bekam.

»Rascher Abstieg, Höhensteuermann!« befahl unser Kapitän.

Wir fielen wie ein Stein durch den Himmel, bis wir uns unterhalb der feindlichen Flugmaschinen befanden, und wurden langsamer, just ehe wir auf dem Boden aufschlugen, wie mir schien.

»Volle Kraft achteraus!«

Wir schossen rückwärts über die verlassene Steppe. Die Stadt und die Kosaken waren nirgendwo zu sehen. Kapitän Leonow hatte sich sein Schlachtfeld selbst ausgesucht.

Die schwarzen Schiffe verfolgten uns eifrig und versuchten, unsere Taktik zu imitieren. Eines der Schiffe zog nicht rechtzeitig hoch. Es schlug mit einem gewaltigen Stoß auf den Boden auf. Seine Gondel und alle an Bord mußten in Stücke zerschmettert worden sein. Es begann nach oben zu hüpfen, und wir konnten erkennen, daß es eine große Menge Schrott zurückließ. Es bestand nur noch aus einer dahinschwebenden Hülle.

Leonow ergriff seine Chance. »Wir werden es zur Dekkung benutzen. Ziehen Sie dahinter, wenn es geht, Steuermann! Vorwärts mit halber Kraft. Ein Strich nach backbord.«

Gerade als wir neben dem zerstörten Schiff schwebten, setzten die Geschütze seiner Begleitschiffe ein. Sie trafen den Rumpf, und Geschosse prasselten darauf nieder, doch wir bekamen wenig ab. Wir stiegen dahinter auf, feuerten zugleich aus allen Rohren, und es gelang uns, die Propeller und Maschinen des nächsten Kriegsschiffes zu beschädigen.

Es wurde dunkel. Plötzlich flammten Suchscheinwerfer auf und blendeten uns, die wir auf der Brücke standen. Kapitän Leonow erteilte Order, unsere eigene Bordbeleuchtung einzuschalten. So wären wir zwar für den Feind erkennbar, doch zumindest nicht völlig geblendet gewesen.

»Verpaßt ihnen noch eine Breitseite!« sagte Kapitän Leonow ruhig.

Unsere Geschütze suchten die Herkunft der Lichtkegel, und wir sahen, wie sich das letzte schwarze Schiff nach oben zurückzog; vielleicht wollte es uns zu einer Verfolgung einladen.

Kapitän Leonow lächelte ein finsteres, erfahrenes Lächeln und schüttelte den Kopf. »Halbe Kraft nach oben, Maschinen langsam achtern.«

Wir stiegen fort von unserem Feind, wieder hinauf in die Wolken. Ich war sehr beeindruckt von der hervorragenden Taktik unseres Kapitäns.

Pilniak war unwillkürlich in Hochstimmung. »So zeigt

man ihnen, wie ein richtiger Kampf aussieht«, sagte er. Er tätschelte mich auf die Schulter. »Was meinen Sie, Mister Bastable?«

Ich war von Natur aus nicht zu der gleichen Offenheit meiner Gefühle fähig wie der Russe, aber ich drehte mich um, grinste und schüttelte ihm die Hand. »So etwas habe ich noch nie erlebt«, versicherte ich ihm.

Das schwarze Schiff hatte seine Scheinwerfer gelöscht und war verschwunden.

»Ich glaube, wir müssen bis morgen früh warten«, sagte Kapitän Leonow. »Ich danke Ihnen, meine Herren, Sie sind eine ausgezeichnete Crew.«

Nun war der Halbmond zu sehen, der am Himmel ganz riesig wirkte. Wieder erteilte der Kapitän Befehl, alle Maschinen zu stoppen. Die Russen feixten und drückten einander und waren völlig aus dem Häuschen über das, was nur als Sieg gegen eine fast unmögliche Überzahl zu betrachten war.

Es war eine oder zwei Stunden später, als wir uns ausruhten, das Vorgehen vom Morgen besprachen und unser Funker versuchte, Funkinstruktionen von Jekaterinoslaw zu bekommen, und als das nicht glückte, von Charkow. Da wurde das Schiff plötzlich von einem gewaltigen Stoß erschüttert.

Zuerst glaubten wir, wir hätten einen Treffer erhalten, doch das Schiff bewegte sich eigentümlich in der Luft und war um keinen Deut gesunken. Wenn überhaupt, hatten wir höchstens ein wenig an Höhe gewonnen.

Wir fragten uns, was geschehen war, als Kapitän Leonow aus seiner Kabine gestürzt kam und nach oben blickte. Es war, als wüßte er allein, was vorgefallen war.

»Das hätte ich nie gedacht«, sagte er. »Sie sind besser, als ich vermutet hatte.«

»Was ist denn, Sir?« fragte ich.

»Eine alte Taktik, Mister Bastable. Sie sind uns die ganze Zeit gefolgt, haben nur ihre Steuerung benutzt, um an uns dranzubleiben, und ließen sich ansonsten treiben wie wir.«

»Aber was ist geschehen, Sir?«

»Greifer, Mister Bastable. Sie sitzen über uns. Ihre Gondel auf unserer Hülle. Wie ein riesiger verfluchter Parasit.«

»Wir sind gefangen?«

Er schnitt eine Grimasse. »Ich glaube, es hat eher den Charakter einer Zwangsheirat, Mister Bastable.«

Er schüttelte den Kopf, seine Finger strichen über seinen Mund. »Meine Schuld. Es war das einzige Vorgehen, das ich nicht vorausgesehen habe. Wenn sie durch unsere Inspektionsluken steigen ...« Er begann, weitere Befehle auf russisch zu erteilen. Gewehre und Pistolen wurden aus unserem winzigen Arsenal geholt, und jedem wurde eine Waffe in die Hand gedrückt.

»Alle Mann zu den Inspektionsluken!« schrie Pilniak. »Bereitmachen, Enterer abzuwehren.«

Noch nie zuvor hatte ich gehört, daß dieser Satz zum Einsatz gekommen war.

Über uns heulten nun die Motoren des Feindschiffes, als wir vorwärtsgeschleppt wurden.

»Alle Maschinen volle Kraft achtern!« befahl der Kapitän. Er drehte sich zu mir um. »Es könnte uns und sie auseinanderreißen. Aber ich fürchte, wir haben keine andere Wahl.«

Das Schiff begann zu beben, als erlitte es einen gewaltigen Anfall.

Wir rasten über die schwankenden Niedergangstreppen zu den Inspektionsluken, lauschten aufmerksam durch das allgemeine Getöse und vernahmen Geräusche aus dem Innern der Hülle, die nur von Männern stammen konnten, die uns langsam entgegenstiegen. Innerhalb der Inspektionsgänge zu schießen, würde bedeuten, eventuell Gas zu verlieren und von Rauchwolken eingenebelt zu werden. Weniger als die Hälfte unserer Monteure waren mit Sauerstoffgeräten ausgerüstet, denn die *Wassarion Belinski* hatte niemals damit gerechnet, von Enterern gekapert zu werden.

»Wir werden schießen müssen, wenn sie auftauchen«, sagte Pilniak. »Es wird unsere einzige Chance sein.«

Ich hielt meinen Revolver; vier oder fünf mit Gewehren bewaffnete Mechaniker standen direkt hinter mir in dem schmalen Gang, während das Schiff bebte und ächzte in der Bemühung, sich von seinen Kaperern zu befreien.

»Sie gehen genau das gleiche Risiko ein, ihr Schiff zu zerstören wie das unsere«, sagte ich.

Pilniak grinste mich wieder auf die typisch russische Art an. »Genau«, sagte er.

Der Lukendeckel hatte sich zu öffnen begonnen.

Wir entsicherten unsere Waffen.

5

Eine Frage der Einstellung

Im schummrigen Mondlicht, das von oben durch die offenen Luken fiel, war es unmöglich, die Gestalten zu erkennen, die als erste hereinkletterten. Auf russisch befahl ihnen Pilniak, ihre Waffen niederzulegen, weil wir sonst das Feuer eröffnen würden. Dann bemerkten wir, daß sie an einem Stock ein Stück Bettlaken schwenkten. Ein weiße Fahne. Sie wollten verhandeln.

Pilniak war fassungslos. Er sagte den Eindringlingen, sie sollten an Ort und Stelle verharren, während er neue Anweisungen holen ließ. Einer der Mechaniker rannte den Gang zurück zum Steuerdeck.

Die Männer in den Luken wirkten erheitert und machten ein paar Scherze, die ich nicht verstand und die Pilniak, wie es mir erschien, bewußt überhörte. Für mich war es jedoch ganz offenkundig, daß keiner in dieser Enge kämpfen wollte. Nur wenige kämen mit dem Leben davon.

Ich glaube, Kapitän Leonow war das bewußt, denn er kehrte mit dem Mechaniker zurück. Pilniak erklärte ihm, was vor sich ging. Er nickte und wandte sich dann an den Mann mit der weißen Fahne.

»Sie wissen, daß das für uns beide eine unmögliche Situation ist. Befindet sich Ihr Anführer unter Ihnen?«

Ein untersetzter kleiner Mann schob sich nach vorne und salutierte ironisch vor Kapitän Leonow. »Ich vertrete diese Leute«, erklärte er.

»Sind Sie der Anführer?«

»Wir haben keine Anführer.«

»Dann sind Sie ihr Sprecher.«

»Ich glaube schon.«

»Ich bin Kapitän Leonow, der Kommandant dieses Schiffes.«

»Ich bin Nestor Makhno, Sprecher für die anarchistische Sache.«

Ich war erstaunt. Ehe ich mich fassen konnte, murmelte ich den Namen: »Makhno!« Es war der Mann, mit dem ich in Japan im Lager gefangen gewesen war. Ich hätte nie gedacht, ihn einmal wiederzusehen. Ich hatte nicht die geringste Ahnung, daß er etwas mit Luftschiffen zu tun hatte.

Er erkannte mich und lächelte. »Guten Abend, Mister Bastable. Es sieht so aus, als befänden Sie sich wieder in Gefangenschaft.«

»Sie aber auch«, bemerkte ich.

Er lächelte. Es war ein ruhiges, ironisches, fast sanftes Lächeln.

Er trug einen reich bestickten alten Kosakenmantel mit viel grüner und goldener Litze, einen Astrachanhut schräg auf dem Kopf, ein Bauernhemd mit Gürtel um die Taille, Pluderhosen und hohe Reitstiefel. Er sah aus wie das Bild des romantischen Kosaken aus dem Roman, und ich hatte ein wenig den Eindruck, daß er diese Erscheinung bewußt kultivierte. An der Seite hing ihm sogar ein Kosakensäbel, und mit einer Hand spielte er am Knauf einer Automatikpistole an seinem silberstrotzenden Gürtel.

»Ich nehme an, Sie dienen dem Rebellen Dschugaschwili«, sagte unser Kapitän. »Versuchen Sie, Friedensbedingungen auszuhandeln?«

»Das habe ich aufgegeben«, meinte Makhno. »Es scheint nicht zu funktionieren. Man redet vom Frieden, und jeder versucht, einen niederzuschießen oder ins Gefängnis zu stecken. Zufälligerweise diene ich niemandem als jenen, die mich wählen. Aber wir sind übereingekommen, Dschugaschwili in dieser Auseinandersetzung zur Seite zu stehen. Wir unterstützen nicht seine Ideologie, nur den Geist der Erhebung, den Geist des wahren Kosaken. Wir sind Anarchisten. Wir lehnen es ab, Regierungen oder Despoten jedweder Art anzuerkennen.«

»Würden Sie denn nicht zustimmen, daß der Stahlzar ein Despot ist?« wollte ich wissen.

Makhno beantwortete meine Frage mit einem kurzen Nicken. »Absolut. Wir glauben weder an Herren noch Sklaven, Mister Bastable.«

»Nur ans Chaos«, warf Pilniak höhnisch ein.

»Anarchie bedeutet ›keine Regierung‹ und nicht ›Durcheinander‹«, tat Makhno Pilniaks Bemerkung wie die eines naiven Kindes ab. »Und sie hat nicht das geringste mit Dschugaschwilis sogenanntem Sozialismus zu tun. Wir unterstützen nicht ihn, wie ich Ihnen schon sagte. Wir unterstützen den Geist der Erhebung.«

Kapitän Leonow war von dieser Information außerordentlich verwirrt. »Wie sollen wir dann verhandeln? Was wollen Sie?«

Makhno sagte: »Sie sind unsere Gefangenen. Wir wollen kein Blutvergießen. Wir hätten Ihr Schiff lieber unversehrt.«

Kapitän Leonow wurde finster. »Ich werde mein Schiff nicht übergeben.«

»Sie haben keine große Wahl«, sagte Makhno. Er blickte zu den Bullaugen.

Wir alle folgten seinem Blick. Auf flexiblen Stahlleitern, die von dem schwarzen Schiff herabbaumelten, kletterten bewaffnete Männer zu unseren Maschinenräumen.

»In wenigen Minuten sind Ihre Maschinen stillgelegt, Kapitän.«

Noch während er sprach, verstummte eine unserer Schrauben. Ein Motor nach dem anderen stand still. Von draußen aus dem eisigen Wind ertönte Jubel.

Der Kapitän schob die Hände in die Taschen und stellte sich breitbeinig auf. »Was nun?« fragte er ruhig.

»Sie werden einsehen, daß Sie sich völlig in unserer Gewalt befinden.«

»Ich sehe ein, daß Sie ein erfahrener Pirat sind.«

»Nun kommen Sie, Kapitän! Das ist kein Piratentum. Wir befinden uns im Krieg. Und diesen Kampf hier haben wir gewonnen.«

»Sie sind ein Bandit und haben ein Schiff gekapert, das die Regierung der Union der Slawischen Republiken repräsentiert. Das stellt einen Akt von Piraterei, Rebellion und Verrat dar. Wir befinden uns tatsächlich im Krieg, Kapitän Makhno. Ich nehme an, Sie erinnern sich, wer der Feind ist. Es ist Japan.«

»Ein Krieg zwischen autoritären Regierungen, kein Krieg zwischen Völkern«, widersprach Makhno hartnäckig. »Was für ein Sozialist sind Sie denn, Kapitän?«

Leonow blickte finster drein. »Ich bin überhaupt kein Sozialist. Ich bin ein loyaler Russe.«

»Nun, ich bin kein loyaler Russe. Ich bin Anarchist und, da meine Herkunft Sie zu interessieren scheint, Ukrainer. Wir sind gegen alle Regierungen und besonders gegen die Zentralregierung in Petersburg. Im Namen des Volkes, Kapitän Leonow, fordern wir sie auf, Ihr Schiff zu übergeben.«

Leonow befand sich in einer fürchterlichen Lage. Er wollte nicht sinnlos das Leben seiner Mannschaft opfern, konnte aber auch nicht guten Gewissens das Kommando abgeben.

»Ich nehme an, Sie sind Demokrat?« fragte Makhno.

»Gewiß!«

»Dann überlassen Sie es doch Ihren Leuten«, schlug der Anarchist einfach vor. »Wollen Sie leben oder sterben?«

»Nun gut«, antwortete Leonow. »Ich werde sie fragen.« Er drehte sich zu uns um. »Meine Herren? Luftschiffleute?«

»Wir werden kämpfen«, erklärte Pilniak. »Wenn sie siegen, so sollen sie unser Blut von den Decks schrubben.«

Keiner von uns widersprach.

Makhno akzeptierte das. Tatsächlich schien er nichts anderes erwartet zu haben. »Ich gebe Ihnen die Gelegenheit, Ihre Situation zu überdenken«, sagte er. Er zog sich zu den Luken zurück. »Sie können nun nicht mehr fliehen. Wir bringen Sie bereits zu unserem Hauptquartier. Wenn einer von Ihnen sich unserer Sache anschließen möchte, werden wir ihn gern als unseren Bruder bei uns aufnehmen.«

Kapitän Leonow gab uns nicht Befehl zu feuern. Wir sahen zu, wie die Anarchisten sich zurückzogen und die Luken hinter sich schlossen. Erst jetzt wurde mir bewußt, daß wir einem Ablenkungsmanöver aufgesessen waren. Während der Verhandlung hatten wir nicht aufgepaßt, was draußen am Schiff vor sich ging. Ich glaube, Leonow begriff das ebenfalls. Es war unübersehbar, als wir zum Steuerdeck zurückgingen, daß er in diesem Augenblick keine gute Meinung von sich hatte. Als Lufttaktiker war er ohnegleichen. Doch als Unterhändler war er in keiner Hinsicht erfolgreich. Es sah so aus, als hätte Makhno (was, wie ich erfahren sollte, seine Gewohnheit war) ein Schachmatt erreicht, ohne auch nur ein Leben auf einer der beiden Seiten zu verlieren.

Hilflos sahen wir zu, wie Sterne und Wolken an uns vorüberzogen, während das Anarchistenschiff uns mit voll arbeitenden Maschinen seiner Basis entgegenführte.

Auf dem Steuerdeck gab Kapitän Leonow einen Funkspruch nach Charkow durch, versuchte Instruktionen zu erhalten und ein Bild von unserer Lage zu geben. Schließlich drehte sich der Funker nach mehreren Versuchen zu ihm um. »Sie haben unsere Antenne gekappt, Sir. Wir können weder senden noch empfangen.«

Leonow nickte. Er schaute Pilniak und mich an. »Nun, meine Herren, haben Sie einen Vorschlag?«

»Makhno hat uns völlig in der Gewalt«, sagte ich. »Wenn wir nicht versuchen, über die Inspektionsluken in sein Schiff einzudringen, haben wir keine Möglichkeit, ihn aufzuhalten.«

Leonow senkte den Kopf, als ob er nachdächte. Als er wieder aufblickte, hatte er sich völlig in der Gewalt. »Ich glaube, wir können alle etwas Schlaf gebrauchen«, meinte er. »Ich bedaure, daß ich dieses besondere Problem nicht vorhergesehen habe, meine Herren, und daß wir keine Befehle für eine solche Situation haben. Ich glaube, ich sollte besser hier und jetzt erklären, daß ich Sie aus meinem Oberbefehl entlasse.«

Derartiges zu sagen, mutete mich eigenartig, fast exotisch an. Doch auch das vermittelte mir eine bessere Einsicht in das russische Wesen, als ich sie noch wenige Monate zuvor gehabt hatte. Nichtsdestotrotz akzeptierte ich Kapitän Leonows Haltung. Er war ein Ehrenmann, der glaubte, seine Pflicht nicht erfüllt zu haben. Er gab uns einen Freifahrtschein, so zu handeln, wie wir es persönlich für am besten hielten.

Auf gewisse Weise hatte mich der Wortwechsel zwischen Makhno und Leonow stark beeindruckt. Beide schienen, obgleich sie einander gegenüberstanden, im gleichen Pflichtgefühl verwurzelt, das sie antrieb. Und sowie sich Leonow in seinen Augen als inkompetent erwiesen hatte, glaubte er nicht mehr das Recht zu haben, über uns zu bestimmen. Ich hatte den Eindruck, daß Makhno und vielleicht viele Kosaken-Atamanen den gleichen Standpunkt bezogen. Im Gegensatz zu so vielen politischen oder militärischen Führern unternahmen sie keinen Versuch, ihre Fehler zu rechtfertigen und an ihren Posten zu kleben. Für sie bedeutete Macht eine enorme Verantwortung und war ihnen nur zeitweise verliehen. Ich begriff, so glaube ich, ein oder zwei grundlegende Dinge von den wesentlichen Fragen russischer Politik: etwas, das normalerweise von keiner der beiden Seiten und von keinem Beobachter in Worte gekleidet wird. Diese Fragen waren zugleich einfacher und komplexer, als ich einst angenommen hatte.

Pilniak salutierte. »Danke, Sir«, sagte er. Ich hatte keine andere Wahl, als ebenfalls zu grüßen. Leonow erwiderte den Gruß und kehrte dann langsam zu seiner Kabine zurück.

Plötzlich schoß mir ein Gedanke durch den Kopf. »Gütiger, Gott, Pilniak, er hat doch hoffentlich nicht die Absicht, sich zu erschießen?«

Pilniak blickte dem davongehenden Kapitän nach. »Das glaube ich nicht, Mister Bastable. Auch das wäre feige. Er wird den Oberbefehl wieder annehmen, wenn wir ihn darum bitten. In der Zwischenzeit entläßt er uns, damit wir unternehmen können, was unserer Ansicht nach zu unserem Nutzen sein könnte, um als Einzelpersonen zu überleben. In gewisser Weise sind wir ein schlichtmütiges Volk, Mister Bastable. Eher so wie Indianer, wie? In gewisser Hinsicht. Wenn unsere Kriegsführer scheitern, treten sie sogleich zurück, sofern wir nicht darauf beharren, daß sie ihr Amt weiterführen. Das ist doch wahrhaft demokratischer Sozialismus oder nicht?«

»Ich bin kein Politiker«, sagte ich zu ihm. »Ich verstehe eigentlich nicht so recht den Unterschied zwischen einem ›Ismus‹ und dem anderen. Ich bin einfacher Soldat, wie ich schon öfter betont habe.«

Ich kehrte mit Pilniak in unsere winzige Kabine mit den beiden übereinanderliegenden Pritschen zurück. Wir schliefen unruhig und hatten beide nur Hose und Jacke abgelegt. Als der Morgen dämmerte, waren wir wieder auf den Beinen und tranken in der Offiziersmesse Kaffee. Kapitän Leonow war nicht anwesend.

Ein paar Minuten später kam er an unseren Tisch. »Es wird Sie gewiß interessieren«, sagte er, »daß wir anscheinend das Banditenlager erreicht haben.«

Wir stürzten alle aus der Messe zu den Beobachtungsluken. Das Schiff schleifte fast am Boden. Anlegeseile hingen von der Hülle herab. Dann sahen wir eine Reiterschar von Kosaken zu den Tauen galoppieren. Jeweils zu sechsen ergriffen sie ein Seil nach dem anderen.

Triumphierend schleppten die Kosaken unser Schiff zu ihrem Hauptquartier, während Makhnos schwarzer Schlachtenkreuzer die Greifklammern löste und ein paar Meter dahinschwebte, um dann neben uns herzufliegen. Wir sahen, wie uns Anarchisten aus ihrer Gondel zuwinkten. Ich war fast versucht zurückzuwinken. Makhnos Leistung war unverkennbar. Er war ein sehr kluger Mann und ganz offenkundig kein irrer Großsprecher. Ich konnte mit seinen politischen Auffassungen nichts anfangen, doch hatte ich nach wie vor eine sehr hohe Meinung von seiner Intelligenz.

Langsam und unehrenhaft wurde unser Schiff von den jubelnden Kosaken zu Boden gezerrt. Dies waren anscheinend nicht die gleichen Männer, die Jekaterinoslaw angegriffen hatten, doch es war auch unübersehbar, daß sie wußten, welche Rolle wir während des Kosakenangriffs gespielt hatten. Nun konnte ich sie besser sehen. In der Hauptsache waren es kleinwüchsige beleibte Männer mit üppigen Bärten in der unterschiedlichsten, oft recht zerfetzten Kleidung. Alle waren mit Waffen und Patronengürteln, Dolchen und Säbeln geschmückt; alle konnten großartig reiten. Sie waren eindeutig Gesetzlose, doch in keiner Hinsicht nur Banditen.

Bald schleifte unser Kiel über den Boden, als das Schiff an die Holzstangen gebunden wurde, die eigens für diesen Zweck am Rand eines kleinen, von den Rebellen eroberten Straßendorfes aufgepflanzt worden waren.

Wir standen da und schauten hinab zu den Kosaken, während diese grinsten und wild gestikulierten. Sie schienen uns nicht ans Leben zu wollen. Sie waren überglücklich über die Eroberung eines Schiffes der Zentralregierung und schienen wenig Groll gegen uns zu hegen. Ich machte darüber eine Bemerkung zu Pilniak.

»Ich bin der gleichen Meinung«, sagte er. »Es stimmt, daß sie uns nicht hassen. Aber das ist das letzte, was einen Kosaken daran hindern würde, Sie umzubringen, wenn ihm danach zumute ist.«

Ich begriff, daß wir uns in größerer Gefahr befanden, als ich ursprünglich geglaubt hatte. Die Kosaken erkannten die allgemeinen Konventionen über Kriegsgefangene nicht an, und es war fraglich, ob wir die nächste Morgendämmerung erleben sollten.

Kapitän Leonow blieb in seiner Kabine. Als wir hinausstarrten zu denen, die uns gefangengenommen hatten, wuchs die Spannung in der Gondel merklich. Droben hörten wir Männer über die Hülle kriechen, lachen und mit den Kosaken am Boden scherzen.

Schließlich schaute Pilniak erst mich und dann die anderen Offiziere an und sagte dann: »Bringen wir es hinter uns, was meinen Sie?«

Wir stimmten alle zu.

Pilniak erteilte Befehl, die Gangways hinabzulassen, und sobald die Seitenwand der Gondel aufgeschoben wurde, marschierten wir in Reih und Glied die Treppen zu den Kosaken hinab.

Wir hatten mit allem gerechnet, nur nicht mit dem Jubel, der uns entgegenscholl. Die Kosaken sind die ersten, die Mumm anerkennen, wenn jemand ihn zeigt, und das taten wir. Vielleicht hatte Pilniak das gewußt.

Nur Kapitän Leonow weigerte sich, das Schiff zu verlassen, und wir akzeptierten seinen Entschluß.

Pilniak und ich befanden uns in vorderster Linie. Als wir von der Gangway traten, schritt er auf den nächsten Kosaken zu und salutierte. »Leutnant L. I. Pilniak von der Freiwilligen Luftflotte.«

Der Kosake sagte etwas in seinem Dialekt, dem meine Russischkenntnisse nicht gewachsen waren. Er schob seine Militärmütze auf die Stirn zurück, als er den Gruß erwiderte. Dann lenkte er sein Pferd rückwärts, um uns eine Gasse zu bahnen, und winkte uns in Richtung des Dorfes.

Wir dachten immer noch recht nervös daran, was die Kosaken auf eine Laune hin beschließen mochten, und begannen uns in Zweierreihen in Marsch aufs Hauptquartier der Rebellen zu setzen. Pilniak lächelte, während er sprach, und ich erwiderte sein Lächeln. »Kopf hoch, mein Alter! Ist es das, wozu die Briten ›Flagge zeigen‹ sagen?«

»Ich weiß nicht so recht«, antwortete ich. »Es ist lange her, daß ich dazu Gelegenheit hatte.«

Die Kosaken, einige beritten, andere zu Fuß, scharten sich dicht um uns. Sie waren ziemlich schmutzig und viele von ihnen offensichtlich betrunken. Nie in meinem Leben habe ich soviel Wodka gerochen. Einige von ihnen schienen sich in dem Zeug gebadet zu haben. Sie riefen uns Beschimpfungen zu, während wir neben ihnen entlangmarschierten, und wir hatten fast das erste Haus des Dorfes erreicht, als das Gedränge so stark wurde, daß wir nicht weiterkamen.

In diesem Augenblick passierte es offensichtlich, daß einer unserer Mechaniker ganz hinten nach einem Kosaken schlug, und die beiden begannen eine Prügelei. Unsere sorgsam gewahrte Front schien jetzt aufzubrechen.

Wahrscheinlich wären wir in Stücke gerissen worden, wenn nicht zu unserer Rechten ein von einem Pferd gezogenes Maschinengewehr plötzlich die Reihen geteilt hätte. Ein Mann fuhr den kleinen Karren, während ein anderer mit einem Revolver in die Luft schoß und den Kosaken befahl, zur Seite zu weichen.

Der Mann mit dem Revolver war Nestor Makhno.

»Zurück, Kerls!« rief er seinen Männern zu. »Wir hegen keinen Groll gegen jene, die irregeleitet wurden, dem Staat zu dienen, nur gegen den Staat selbst.«

Er lächelte zu mir herab. »Guten Morgen, Hauptmann Bastable. Sie haben beschlossen, sich uns anzuschließen, wie?«

Ich erwiderte nichts darauf. »Wir gehen zu Ihrem Lager«, sagte ich. »Wir erkennen uns als Ihre Gefangenen an.«

»Wo steckt der Kommandant?«

»In seiner Kabine.«

»Schmollt zweifellos.« Makhno rief den Kosaken etwas in Dialekt zu, worauf die Reihen sich wieder teilten, so daß wir weiter die Straße entlangziehen konnten, bis Makhnos Karren vor einem großen Schulgebäude anhielt, auf dem die Rebellenfahne flatterte: ein gelbes Kreuz auf rotem Grund. Er forderte mich und Pilniak auf, sich ihm anzuschließen, und sagte unseren übrigen Leuten, sie bekämen in einer nahegelegenen Kirche Lager und Essen.

Wir trennten uns nur ungern von der Manschaft und den anderen Offizieren, doch wir hatten keine große Wahl.

Makhno sprang von dem Karren und geleitete uns mit leichtem Hinken zum Schulhaus. Hier erwarteten uns im größten Klassenzimmer mehrere Kosakenführer. Sie waren weit prunkvoller gekleidet als ihre Männer, in reich bestickten Hemden und Kaftanen mit einer Menge Gold und Silber an sich und Ihren Waffen.

Den merkwürdigsten Anblick jedoch bot der Mann, der vorne im Klassenzimmer saß, wo normalerweise der Lehrer seinen Platz hat. Er saß weit vornübergebeugt am Pult, und sein Gesicht war völlig von einem Helm verdeckt, der ein schnurrbärtiges Männergesicht darstellte. Nur die Augen waren lebendig, und diese erschienen mir gleichermaßen irre wie bösartig. Der Mann war nicht groß, aber stämmig, und er trug einen einfachen grauen Bauernkittel und graue Pluderhosen, die in schwarze Stiefel gesteckt waren. Er hatte keine Waffen, keine Abzeichen auf seiner Kleidung, und einer seiner Arme schien dünner als der andere. Ich wußte, daß wir dem Stahlzar persönlich gegenüberstehen mußten; es war der Rebellenführer Dschugaschwili.

Die Stimme aus dem Inneren des Helms klang gedämpft und metallen. »Der englische Renegat Bastable. Wir haben von Ihnen gehört.« Die Worte klangen heiser, aggressiv. Der Mann wirkte auf mich gleichermaßen verrückt und betrunken. »Ist das denn ein fairer Sport? Kosaken umzubringen?«

»Ich bin Offizier bei der Freiwilligen Luftflotte«, erklärte ich ihm.

Die Metallmaske wurde angehoben und schaute mich direkt an. »Was sind Sie dann? Eine Art Söldner?«

Ich lehnte es ab, meine Position zu erläutern.

Er lehnte sich schwer auf seinen Stuhl zurück, schwer vom Gefühl der eigenen Macht. »Sie haben sich gemeldet, um gegen die Japaner zu kämpfen, stimmt das?«

»Mehr oder weniger«, antwortete ich.

»Dann werden Sie sicher gern hören, daß die Japaner fast geschlagen sind.«

»Das höre ich gerne. Ich wäre froh, wenn dieser Krieg ein Ende hätte. Alle Kriege.«

»Sie sind ein Pazifist!« Dschugaschwili begann aus seinem Helm heraus zu lachen. Es war ein fürchterliches Geräusch. »Für einen Pazifisten, mein Freund, haben Sie eine Menge Blut an den Händen. Zweitausend meiner Männer kamen in Jekaterinoslaw um. Aber wir haben die Stadt genommen und die Luftflotte vernichtet, die Sie auf uns hetzten. Was sagen Sie dazu?«

»Wenn der Krieg gegen Japan fast zu Ende ist«, erwiderte ich, »dann wird Ihr Triumph von kurzer Dauer sein. Das müssen Sie wissen.«

»Ich weiß nichts dergleichen.« Er machte einem der Männer Zeichen, der zu einer Seitentür ging, sie öffnete und hinausrief. Augenblicke später sah ich Harry Birchington auftauchen. Da stand die Nervensäge vom Lager auf Rishiri wieder in voller Lebensgröße vor mir.

»Hallo, Bastable, alter Kumpel!« rief er. »Ich wußte, daß es in Rußland ein paar anständige Sozialisten geben mußte. Und ich habe die besten gefunden.«

»Sie arbeiten mit diesen Leuten zusammen?«

»Gewiß. Ich bin sehr glücklich, meine Talente in ihren Dienst stellen zu können.«

Das übliche selbstherrliche Gewäsch ging mir schon nach Sekunden auf die Nerven.

»Mister Birchington wartet unsere Luftschiffe«, erklärte der Stahlzar. »Und er stellt auch auf anderen Gebieten eine große Hilfe dar.«

»Nett, daß Sie das sagen, Sir.« Birchington lächelte ein eigentümliches Lächeln, eine Mischung aus Stolz und Verlegenheit.

»Guten Morgen, Mister Bastable.« Sogleich erkannte ich die warme, ironische Stimme wieder. Ich schaute zur Tür und sah dort Mrs. Una Persson stehen. Über ihrem Militärmantel trug sie gekreuzte Patronengurte, auf der Hüfte eine Smith und Wesson und einen Pelzhut über den Kopf gestülpt. Sie war so schön wie immer mit ihrem ovalen Gesicht und den hellgrauen Augen.

Ich verbeugte mich. »Missis Persson.«

Ich hatte sie seit der Zeit nicht gesehen, als wir gemeinsam auf der Welt des Schwarzen Attila gewesen waren*. In ihren Augen stand das besondere Wiedererkennen, das die Reisenden zwischen den verschiedenen Ebenen einander vorbehalten.

»Ich nehme an, daß Sie sich unserer Armee anschließen«, sagte sie vieldeutig.

Ich vertraute ihr vollkommen und ging sogleich auf ihren Hinweis ein. Sehr zu Pilniaks Erstaunen nickte ich. »Das war die ganze Zeit meine Absicht«, erklärte ich.

Dschugaschwili wirkte nicht überrascht. »Viele im Ausland sind uns gut gesonnen. Leute, die wissen, wie sehr wir unter Kerenski gelitten haben. Aber was ist mit Ihrem Begleiter?«

Pilniak richtete sich auf und schlug die Hacken zusammen. »Ich möchte gerne zu meinen Mitgefangenen gebracht werden«, sagte er.

Der Stahlzar zuckte mit den Schultern. Das Metall

---

* Siehe: ›Der Land-Leviathan‹ (HEYNE-BUCH Nr. 06/3903).

schimmerte und schien sich in seinen Augen zu spiegeln. »Sehr schön.« Er gab einem seiner Männer Zeichen. »Macht mit ihnen, was ...«

Plötzlich mischte sich Makhno ein. »Machen? Was wollen Sie damit andeuten, Genosse?«

Dschugaschwili winkte ab. »Wir haben nun einmal zu viele Mäuler zu stopfen, Genosse. Wenn wir diese Leute am Leben lassen ...«

»Sie sind rechtmäßig festgenommene Kriegsgefangene. Schicken Sie sie zurück nach Charkow. Ich wollte nicht mehr als ihr Schiff. Lassen Sie sie gehen!«

Pilniak schaute von einem zum anderen. Er hatte niemals erwartet, zum moralischen Zankapfel zwischen zwei Banditen zu werden.

»Ich bin für alle Entscheidungen verantwortlich«, sagte Dschugaschwili. »Ich werde entscheiden, ob ...«

»Ich habe sie gefangengenommen.« Makhno war frostig und wütend. Er senkte die Stimme, doch je leiser er sprach, um so mehr Autorität heischte er. »Und ich werde mich nicht mit dem Mord an ihnen einverstanden erklären!«

»Das ist kein Mord. Wir fegen den Kehricht der Geschichte fort.«

»Sie haben vor, diese aufrichtigen Männer umzubringen.«

»Sie greifen den Sozialismus an.«

»Wir müssen beispielhaft leben und anderen ein Beispiel geben«, erklärte Makhno. »Das ist der einzige Weg.«

»Sie sind ein Narr!« Dschugaschwili stand auf und schlug mit seiner gesunden Hand auf den Schreibtisch. »Warum sollen wir sie denn durchfüttern? Warum sollen wir sie zurückschicken, damit sie wieder gegen uns kämpfen können?«

»Einige werden wieder gegen uns kämpfen – aber andere werden das Wesen unserer Sache begreifen und es ihren Kameraden weitersagen.« Makhno verschränkte die Arme vor der Brust. »Es ist immer so. Wenn wir brutal sind, liefern wir ihnen nur Vorwand für weitere Grausamkeiten. Bei Gott, Dschugaschwili, das sind doch alles ziemlich einfache Argumente. Was wollen Sie denn? Blutopfer? Wie können Sie denn behaupten, Erleuchtung und Freiheit zu repräsentieren? Sie sind schon für den Massenmord an den Juden verantwortlich, für die Zerstörung von Dörfern und die Folterung unschuldiger Bauern. Ich erklärte mich einverstanden, meine Schiffe zur Verfügung zu stellen, weil Sie versicherten, diese Vorkommnisse wären Unfälle, die nun nicht mehr vorkämen. Sie haben aber nicht aufgehört. Und wie Sie da stehen, beweisen Sie mir, daß sie immer wieder vorkommen werden. Sie sind ein Betrüger, ein autoritärer Scheinheiliger!«

Als Makhno verstummte, wurde die Stimme in dem Helm immer lauter.

»Ich werde Sie erschießen lassen, Makhno. Ihre anarchistischen Auffassungen sind bloße Hirngespinste. Menschen sind grausam, gierig und ruchlos. Sie müssen zur Heiligkeit erst erzogen werden. Und sie müssen bestraft werden, wenn sie fehlen!« Er keuchte schwer. »Etwas anderes verstehen die Russen nicht. Und etwas anderes verstehen auch die Kosaken nicht.«

»Sie können nicht für die Kosaken sprechen«, sagte Makhno mit leisem Spott. »Ich ziehe meine Hilfe zurück. Ich werde die Leute, die ich vertrete, informieren und sie fragen, ob sie sich ebenfalls zurückziehen wollen.« Er wandte sich zum Gehen.

Plötzlich schlug der Stahlzar versöhnliche Töne an. »Unfug, Makhno! Wir stehen doch für die gleiche Sache.

Schicken Sie die Gefangenen nach Charkow, wenn Sie wollen. Was meinen Sie, Missis Persson?«

»Ich denke, es würde der Zentralregierung zeigen, daß die Kosaken Gnade kennen, daß sie keine Schurken und daß ihre Anliegen gerechtfertigt sind. Es wäre eine gute Sache.«

Sie schien beachtlichen Einfluß auf ihn auszuüben, denn er nickte und stimmte ihr zu.

Makhno wirkte nicht ganz zufriedengestellt, doch er dachte offensichtlich an Pilniaks Sicherheit und die der übrigen. Er atmete tief ein und neigte den Kopf. »Ich werde die Verantwortung für die Gefangenen übernehmen«, sagte er.

Pilniak rief über die Schulter zurück, als er mit Makhno ging: »Ich wünsche Ihnen viel Glück bei Ihren neuen Herren, Bastable!«

Ich wußte nur, daß meine einzige Treue Mrs. Persson galt und ich ihrer Urteilskraft vertraute.

Als Makhno verschwunden war, begann Dschugaschwili zu lachen. »Was für ein albernes, kindisches Theater! War das der Streit über das Leben von ein paar Ziegenbärten wert?«

Mrs. Persson und ich wechselten einen Blick. In der Zwischenzeit äffte Harry Birchington das Lachen des Stahlzaren nach. Keiner der beiden schien, wie ich das nennen würde, wirklich Sinn für Humor zu besitzen.

»Stimmt es, daß die Japaner fast geschlagen sind?« fragte ich Mrs. Persson.

»Gewiß«, antwortete sie. »Es ist nur eine Frage von Tagen. Sie haben bereits mit Waffenstillstandsverhandlungen begonnen.«

»Dann sind diese Leute dem Untergang geweiht«, sagte ich. »Die Kosaken können auf keinen Fall der ganzen russischen Luftflotte Widerstand leisten.«

Birchington hatte mich gehört. »Da täuschen Sie sich, mein Alter«, meinte er. »Da täuschen Sie sich wirklich ganz gewaltig!«

Wenn ich mich nicht irre, hörte ich Mrs. Persson seufzen.

6

Geheimwaffen

Als später die Kosakenführer zu ihren Leuten zurückgekehrt waren, streckte sich der Stahlzar und schlug vor, daß wir alle im oberen Stockwerk zu Abend essen sollten. Ich hatte noch keine Gelegenheit gehabt, mit Mrs. Persson allein zu sprechen, da Birchington mich die ganze Zeit über belagert hatte, um mir zu schildern, wie er bei dem Überfall auf Rishiri aufgegriffen und in Charkow abgeladen worden war (wie er es formulierte), weil er den Fehler begangen hatte, den Leuten zu sagen, daß er Ingenieur war, und sie bei der Eisenbahn in Charkow Ingenieure brauchten. Bald darauf hatte er die Stadt verlassen und befand sich in einem Zug, der von den Rebellen überfallen worden war. Die Aufständischen hatten ihn zu Dschugaschwili geschleppt, und der Revolutionär hatte ihn ins Herz geschlossen.

»Er hat richtig Phantasie, mein Alter. Nicht wie die Dummköpfe in London und Shanghai, die mir keine Chance geben wollten. Ich brauchte nicht mehr als ein bißchen Vertrauen und etwas finanzielle Unterstützung. Sie würden nicht glauben, welche Erfindung ich mir ausgedacht habe. Gewaltige Ideen! Bedeutende Ideen! Ideen, mein Alter, die die Welt erschüttern werden!«

Ich merkte, wie ich fast im Schlaf nickte.

»Der Stahlzar, mein Lieber, gibt mir die große Gelegenheit, Sachen für ihn zu bauen, die zum Sieg der Revolution beitragen werden. Und dann werden wir richtigen Sozialismus haben. Alles wird anständig funktionieren wie eine gutgeölte Maschine. Jeder wird sich pudelwohl fühlen. Sie werden sehen. Und dazu bedarf es nicht mehr als eines Birchington. Ich bin der Schlüsselfaktor, mein Alter. Ich werde in die Geschichte eingehen. Der Chef sagt das.«

»Der Chef?«

Er deutete auf Dschugaschwili.

Wir folgten dem Stahlzar nach oben. Er hatte Mrs. Persson am Arm und ging ziemlich schwerfällig, als ob er betrunken wäre. Er drehte sich zu mir um. »Ich hatte nicht gewußt, daß Sie Freunde sind. Ich hoffe, Sie werden in der Lage sein, Birchington bei seiner Arbeit zu helfen.«

»Gewiß wird er das«, warf Mrs. Persson ein. »Nicht wahr, Mister Bastable?«

»Natürlich.« Ich versuchte, begeistert zu klingen, doch die Aussicht von auch nur fünf weiteren Minuten in Birchingtons Gesellschaft war mehr, als ich mir vorstellen konnte.

Der Raum war weitgehend kahl, nur ein langer Tisch war angerichtet mit gesunden ukrainischen Speisen einschließlich einer Schüssel rotem Borschtsch auf dem Platz eines jeden. Dschugaschwili nahm am Kopfende des Tisches Platz, Mrs. Persson zu seiner Rechten und Birchington zu seiner Linken. Ich saß neben Mrs. Persson. Ein paar Augenblicke später betrat Makhno das Zimmer. Es war unübersehbar, daß er nur widerwillig gekommen war. Er hatte einen weiteren Mann bei sich, den ich auch kannte. Ich begann mich zu fragen, ob Mrs. Persson das Ganze arrangiert hatte.

Der andere Mann war Dempsey, von dem ich angenommen hatte, er wäre auf dem Weg ins japanische Gefangenenlager ums Leben gekommen. Er war bleich und mager und sah krank aus. Möglicherweise hatten die Drogen seinen ganzen Kreislauf vergiftet. Als er mich sah, setzte er ein schiefes Lächeln auf und schwankte auf mich zu, obgleich er nicht betrunken war. »Hallo, Bastable. Sehr schön, Sie wiederzusehen. Sind Sie für die letzte Schlacht gekommen, wie?«

»Was?«

»Das Armageddon, Bastable. Hatten Sie es nicht so genannt?«

Der Stahlzar begann sein eigentümliches Lachen hervorzustoßen. »Unfug! Sie übertreiben, Hauptmann Dempsey. Professor Marek versichert uns, daß heute alles viel sicherer ist. Schließlich hatten Sie Teil an einem Experiment.«

Dempsey setzte sich und starrte in seinen Borschtsch. Er unternahm nicht den geringsten Versuch zu kosten. Nestor Makhno nahm mir gegenüber Platz. Er machte einen erstaunten Eindruck auf mich, vielleicht verblüffte ihn die Leichtfertigkeit, mit welcher ich mich der anderen Seite angeschlossen hatte.

»Eine Häftlingsversammlung, was?« fragte er. »Wußten Sie, Genosse Dschugaschwili, daß vier dieser Leute bei den Japanern gefangen waren?«

»Ich nahm es an.« Der Stahlzar öffnete eine kleine Platte an seinem Helm, um einen von Pockennarben zerfurchten Mund sehen zu lassen.

Nun wollte ich den Gerüchten gern Glauben schenken, daß er diese schreckliche Maske aus Eitelkeit trug. Er begann langsam und vorsichtig das Essen zum Mund zu führen.

Er schaute Makhno an. »Haben Sie die Gefangenen in Charkow abgeliefert?«

»Nicht persönlich. Sie sind unterwegs.«

»Wahrscheinlich in gepolsterten, mit Seide ausgeschlagenen Eisenbahnwaggons.«

»Sie wurden mit beschlagnahmten Viehwaggons abtransportiert.« Makhno wußte, daß der Stahlzar ihn reizte. Er strich sich über seinen säuberlich geschnittenen Schnurrbart und hielt den Blick auf seinen Teller gerichtet.

»Für einen ausgebufften Taktiker sind Sie eine verdammte Mimose«, fuhr Dschugaschwili fort. »Ich möchte fast meinen, Genosse, das könnte eines Tages den Schwachpunkt unserer Unternehmungen darstellen.«

»Wir kämpfen gegen die Zentralisierung«, sagte Makhno dickköpfig. »Wir kämpfen nicht ›für‹ Sie, Genosse, wie ich schon klipp und klar erklärte, als wir unsere Schiffe ins Feld führten.«

»Sie führten Ihre Schiffe ins Feld, weil Sie wissen, daß Sie allein nicht stark genug sind. Ihre lächerlichen Auffassungen über Ehre sind absolut unangebracht zu diesem Zeitpunkt.«

»Unsere Auffassungen sind niemals unangebracht«, widersprach Makhno. »Wir lehnen es einfach ab, Mord zu legitimieren. Wenn wir töten müssen, dann zu unserer Verteidigung. Und wir werden die Dinge weiter beim Namen nennen und sie nicht mit pseudowissenschaftlichen Begriffen verbrämen.«

»Die Menschen mögen solche Begriffe. Sie verleihen ihnen Sicherheit«, sagte Mrs. Persson sarkastisch wie zu einem intimen Freund.

Ich überlegte, ob sie Makhno kannte. Es war sogar möglich, daß es sich bei ihm um einen Kollegen handelte. An dem Anarchisten war etwas Ungewöhnliches. Obwohl mir die Logik seiner politischen Ansichten zu hoch war, beeindruckte mich sein Beharren auf grundlegenden Prinzipien, die so viele Idealisten zu vergessen scheinen, sobald ihre Ideale in der Sprache politischer Glaubensbekenntnisse ihren Niederschlag finden. Er legte eine Art Selbstbeherrschung an den Tag, die Leidenschaft verriet und, so glaubte ich, fast ganz bewußt im Gegensatz zu Dschugaschwili stand, der seine Autorität auf Doktrinen und Masken aufbaute.

Dschugaschwili hörte nicht auf, Makhno zu provozieren.

»Ihre Art von Individualismus ist ein selbstherrliches Verbrechen an der Gesellschaft«, sagte er. »Und schlimmer noch, er wird fehlschlagen. Was nutzt eine gescheiterte Revolution?«

Makhno erhob sich vom Tisch. »Es erweist sich als unmöglich, daß ich mir hier mein Essen schmecken lassen kann«, sagte er. Er verbeugte sich vor uns übrigen und entschuldigte sich. »Ich werde auf mein Schiff zurückkehren.«

In den Augen des Stahlzaren leuchtete ein Funke Triumph, als hätte er Makhnos Abgang absichtlich inszeniert und ihn so lange aufgezogen, bis ihm keine Wahl mehr blieb, als zu gehen.

Makhno schaute Dempsey fragend an, der leicht den Kopf schüttelte und nach seinem Wodka griff.

Der Anarchist verließ den Raum. Dschugaschwili schien hinter seiner Maske zu lächeln.

Dempsey runzelte die Stirn, als Makhno hinausging. Birchington begann über ›rationalen Sozialismus‹ oder so etwas zu schwafeln und störte wieder einmal eine angespannte Atmosphäre, die nichtsdestotrotz im Raum verharrte.

Ein paar Augenblicke später hörten wir draußen Pistolenschüsse. Von der Treppe drangen Schritte, dann stand Makhno wieder in der Tür. Sein linker Arm war verwundet, in der Rechten hielt er seinen Revolver. Er wedelte damit in Dschugaschwilis Richtung, ohne ihn jedoch zu bedrohen.

»Umbringen, wie? Sie werden feststellen, daß mindestens zwei Ihrer Leute erschossen sind. Ich kenne Ihre Methoden, Dschugaschwili.« Er machte eine Pause und steckte seine leere Waffe wieder ins Holster. »Heute nacht legen die schwarzen Schiffe von den Masten ab.«

Dann war er weg.

Dschugaschwili hatte sich halb von seinem Platz erhoben, und das Flackern der Öllampen bewirkte den Anschein, als wechselte seine Metallmaske ständig den Gesichtsausdruck. In den kalten Augen stand haßerfüllte Leidenschaft. »Wir brauchen ihn nicht. Er hat unsere Sache von innen heraus bekämpft. Nun steht die Wissenschaft auf unserer Seite. Ich habe die Absicht, morgen unseren Leuten Birchingtons erste Erfindung vorzuführen.«

Birchington schien überrumpelt. »Nun, Chef, Sie werden vielleicht finden, daß sie noch nicht ganz ...«

»Morgen früh wird sie bereit sein«, erklärte der ›Chef‹.

Dempsey schien an diesem Gesprächsverlauf Interesse zu zeigen, obgleich er sich kaum rührte, seit Makhno wieder aufgetaucht war und seine Erklärung abgegeben hatte. Una Persson schaute nur nachdenklich von einem zum anderen.

Dschugaschwili trat zur Tür und rief zur Treppe hinunter: »Bringt den Professor herauf!«

Mrs. Persson und Dempsey schienen beide zu wissen, was nun kommen sollte, doch ich schwamm völlig.

Dschugaschwili wartete an der Tür, bis ein kleiner Mann mit ergrauendem Haar und runden Brillengläsern erschien. Er wirkte fast so ungesund wie Dempsey. Irgend etwas mit seiner Haut schien nicht in Ordnung zu sein, und seine Augen tränten so fürchterlich, daß er sie ständig mit einem roten Taschentuch abtupfte.

»Professor Marek. Hauptmann Dempsey kennen Sie ja

schon, Mister Birchington ebenfalls. Kennen Sie Missis Persson? Hauptmann Bastable?«

Der Professor blickte vage in unsere Richtung und winkte zum Gruß mit dem Taschentuch.

»Ihre Bomben sind fertig, wie? Und Birchingtons Erfindung ist soweit.« Dschugaschwili schwankte zu seinem Platz zurück. »Setzen Sie sich, Professor. Trinken Sie einen Wodka. Er ist sehr gut. Polnischer.«

Professor Marek rieb sich die Wange mit dem Taschentuch. Ich hatte den Eindruck, daß seine Haut abblätterte.

»Was für Bomben sind das denn?« fragte ich den Professor mehr aus Höflichkeit als alles andere.

»Die gleichen, wie ich sie über Hiroshima abgeworfen habe«, erklärte Dempsey mit plötzlicher Vehemenz. »Stimmt es nicht, Professor?«

»Die Bomben, die den Krieg ausgelöst haben sollen?« fragte ich verwundert.

»Eine Bombe.« Dempsey hielt den Finger in die Höhe. Mrs. Persson legte ihm sanft die Hand auf den Arm. »Eine Bombe. Nicht wahr, Missis Persson?«

»Sie sollten nicht ...«

»Das war nur ein Experiment«, meinte Professor Marek. »Wir konnten nicht vorhersehen ...«

Plötzlich erfüllte mich das gleiche Schaudern, der gleiche schreckliche Widerhall, den ich bereits in schwächerer Form in Dempseys Gesellschaft erlebt hatte. Ich hatte das Gefühl, in einen Zerrspiegel meiner eigenen Schuld zu starren.

Mit schwacher Stimme fragte ich den Professor: »Was für eine Bombe war es denn, die Sie über Hiroshima abwerfen ließen?«

Marek schnüffelte und betupfte sich die Augen. Er sprach fast wie über eine Nebensächlichkeit. »Eine Atombombe natürlich.«

7

Ein mechanischer Mensch

Hinterher saß ich stundenlang fassungslos schweigend da, und wir lauschten Dschugaschwilis Prahlereien und Hetzreden. Er veranlaßte uns, mit ihm zu trinken. Er schüttete ein Glas Wodka nach dem anderen durch die kleine Öffnung, die seine Lippen enthüllte, und redete von Eroberung. Er hatte vor, Rußland, die ganze slawische Welt zu erobern, bis schließlich Osten und Westen ›die gerechte Weltrevolution‹ kommen sähen. Diese Revolution schien aus wenig mehr zu bestehen als aus Dschugaschwilis Bestrebungen, soviel wie möglich vom Erdball zu beherrschen. Wie so viele Fanatiker zeichnete er ein Bild von der Welt, das sich stark von dem der meisten unterschied und das gleichermaßen vereinfacht und in der Hinsicht verfälscht war, als es seine eigenen Bedürfnisse und Ängste widerspiegelte. Wir waren vermutlich alle gelangweilt und erschreckt – bis auf Birchington, der jedes Wort des Stahlzars begierig aufsog, und Professor Marek, der kaum etwas verstand.

Sowohl Hauptmann Dempsey wie Mrs. Persson schienen auf etwas zu warten, als kannten sie dies alles schon und hätten den Verlauf des Abends vorhergesehen.

Ich schaute weiter zu Dempsey hinüber, der kaum den Blick vom Tisch zu heben wagte, sondern fortfuhr, einen Wodka nach dem anderen zu trinken.

»Wie viele Bomben sind fertig, Professor?« hörte ich Dschugaschwili fragen. Nun paßte ich besser auf.

»Vier«, antwortete Marek. »Alle von ungefähr gleicher Sprengkraft. Ich weiß nun, wie man sie dosiert.«

»Sind Sie in der Lage, noch mehr herzustellen?«

»Gewiß. Mit Mister Birchingtons Hilfe. In den Laboratorien von Jekaterinoslaw fanden wir alles, was wir brauchten, wie ich ihnen vorhergesagt hatte.«

»Wir hatten Glück, das Zeug zu finden.«

Una Persson sagte: »Ich dachte, Jekaterinoslaw wäre zurückerobert.«

Dschugaschwili tat diese Bemerkung ab. »Das wurde es auch. Aber wir haben bekommen, was wir wollten. Der ganze Angriff wurde nur durchgeführt, um Professor Marek mit den notwendigen Materialien auszustatten. In Jekaterinoslaw verfolgten sie die gleichen Forschungen wie der Professor.«

Ich empfand Übelkeit und Erschöpfung. Ich wäre am liebsten von meinem Stuhl aufgesprungen, um sie anzuflehen, nicht länger so leichtfertig über diese Höllenbomben zu sprechen. Ich war derjenige, der wußte, welche Auswirkungen sie hatten. Sie konnten ganze Städte vernichten, als hätten sie gar nicht existiert. Aber da Mrs. Persson mir einen Blick zuwarf, hielt ich mich zurück. Dempsey sagte trunken: »Sie sollten sich besser beeilen, sie zum Einsatz zu bringen, Dschugaschwili, sonst steht die Zentralregierung bald hier und fordert ihre Materialien zurück. Sie wissen, daß eine große Armee auf dem Weg hierher ist.«

»Sicher werde ich sie bald einsetzen. Schließlich brauchen wir dazu nur ein Schiff. Deshalb konnte ich auch so gut auf Makhno verzichten. Wir haben ein Schiff. Ihr Schiff, Hauptmann Bastable.«

»Die *Wassarion Belinski*?«

»Ja, so heißt sie.«

»Kapitän Leonow ist noch an Bord.«

»Er war an Bord. Da er sich weigerte, das Schiff zu verlassen, waren wir gezwungen, uns seiner zu entledigen. Er ist liquidiert worden.«

»Sie haben ihn umgebracht?«

Dschugaschwili zuckte mit den Schultern. »Wenn Sie so wollen.«

Wieder war es mir völlig unmöglich, mir meine Gefühle nicht anmerken zu lassen, doch ich wußte, Mrs. Persson legte Wert darauf, daß ich den Eindruck erweckte, eins zu sein mit dem Stahlzar; also hielt ich den Mund.

»Sie werden die *Belinski* befehligen«, erklärte mir Dschugaschwili. »Sie sind zum Kapitän befördert. Meinen Glückwunsch.«

Ich ignorierte das. Noch ehe ich antworten konnte, war Dempsey aufgesprungen und lehnte sich schwer auf den Tisch. »Ich verlange dieses Vorrecht«, sagte er. »Ich bin der erfahrenere Flieger. Schließlich war ich es, der die erste Bombe abwarf!« Etwas Drängendes lag in seiner Stimme. »Bastable kann mir helfen.«

»Haben Sie Geschmack an einem Dasein als Massenmörder gefunden?« fragte ich ihn leise.

»Aber ja.« Er wirkte in diesem Augenblick völlig irre, und in seinen Augen blitzte ein böser Funken. »O ja, Bastable. Richtig Geschmack daran. Richtig Geschmack.«

Dschugaschwili sagte: »Wir müssen der Zentralregierung unsere Stärke demonstrieren. Die erste Bombe wird auf Makhnos Lager fallen.«

»Welch glänzender Einfall«, meinte Mrs. Persson.

Sehr viel später beschloß Dschugaschwili, zu Bett zu gehen, nachdem er uns für den nächsten Morgen zum Hauptquartier bestellt hatte. Wir sahen zu, wie er aus dem Raum taumelte, ganz überzeugte Selbstherrlichkeit und skrupellose Macht.

Dempsey war über dem Tisch zusammengesunken. Birchington und Professor Marek waren immer noch ins Gespräch vertieft, über die eine oder andere technische Feinheit. Mrs. Persson bat mich, ihr behilflich zu sein, Dempsey zu dem Haus zurückzuschaffen, wo wir zusammen wohnen sollten. Er war sehr betrunken und murmelte vor sich hin. Als ich ihn unter den Schultern packte, war ich überrascht, wie leicht er war. Er lachte über irgendeinen bitteren Scherz, den er gemacht hatte. Er war dem Wahnsinn sehr nahe. Ich sagte das auch zu Mrs. Persson, nachdem wir Dempsey im Bett hatten und in dem kleinen Salon zusammen Kaffee tranken. Es war ein hübsches Haus. Ich fragte mich, welche wohlhabenden Bauern getötet oder vertrieben worden waren, um uns diesen verhältnismäßigen Komfort zur Verfügung zu stellen.

»Der arme Dempsey ist so gut wie von Sinnen«, stimmte sie mir zu. »Seine Urteilskraft ist dahin, und er hält sich aufrecht mit einer Mischung von Schuldgefühl und Zynismus. Eine recht gängige Kombination. Ich glaube, er meint, er müsse eine Art Preis für das zahlen, was er getan hat. Was denken Sie?«

»Denken?« Ich war sehr müde. »Ich glaube, ich kann selbst nicht mehr denken. Allmählich habe ich den Eindruck, daß Sie diese ganze Sache arrangiert haben – insbesondere das Zusammentreffen mit Dempsey. Wie ist es möglich? Er trägt die gleiche Bürde wie ich. Unter welchen Umständen hat er denn eine Atombombe auf Hiroshima abgeworfen?«

»Unter den gleichen wie Sie. Er ist Sozialist. Durch seine Auffassungen landete er bei den Chinesen, die versuchten, alle Fremden aus ihrem Land zu vertreiben. Zu jener Zeit arbeitete auch Professor Marek für die chinesischen Sozialisten. Sie waren die einzigen, die verzweifelt genug waren, an eine Entwicklung einer solchen Bombe zu glauben. Andere Länder arbeiten auch an der Idee einschließlich der Veredelung von Uran. Und genau damit war man in Jekaterinoslaw beschäftigt. Wie Sie hatten auch die Chinesen keine Vorstellung von der Kraft der unfertigen Bombe, die sie da produziert hatten. Sie wollten sie nur über dem Luftschiffwerk abwerfen ...«

»Das ist zuviel!« Ich schlug mir die Hände an den Kopf. »Das ist doch Wahnsinn! Es ist nicht möglich!«

»Sie warfen sie ab und vernichteten die ganze Stadt. Das Schiff gehörte Dempsey und war in London registriert. Mehr brauchten die Japaner nicht. Hätte die Bombe jedoch nicht zu spät gezündet, wäre von dem Schiff nichts übriggeblieben. So jedoch fanden sie Wrackteile. Dempsey war schon vorher aufgelesen worden. Die meisten von der Crew waren umgekommen. Doch die Japaner machten zwei Gefangene. Das war ihr Anlaß. Sowieso bereiteten alle den Krieg vor. Die Japaner kamen zu dem Schluß, daß die britische Regierung einen Kriegsakt ... begangen hätte ...

»Und schlugen deshalb als erste zu. Das erklärt alles, einschließlich ihrer Grausamkeit.«

»Genau.«

»Millionen von Menschen tot!« stöhnte ich. »Dann haben sowohl Dempsey wie ich das auf dem Gewissen. Kein Wunder, daß der arme Kerl in diesem Zustand ist.«

»Ihr wart beide nur Katalysatoren – mehr nicht. Begreifen Sie denn immer noch nicht, was sich vor Ihnen abspielt? Kein Individuum kann soviel persönliche Schuld auf sich laden. Wir sind *alle* verantwortlich, daß wir solche Umstände zulassen, die Selbsttäuschungen, die Fehlurteile, die zum Krieg führen. Jede Lüge, die wir uns erzählen, macht so etwas wie die Zerstörung von Hiroshima wahrscheinlicher. Hiroshima ist in mehr als einer Welt vernichtet worden, von mehr als einem Menschen, immer und immer wieder. Die Umstände sind häufig unterschiedlich, doch die Menschen sterben immer gleich, und einige Männer (oder Frauen) glauben, sie trügen die ganze Last der Verantwortung. Wir sind alle Opfer, Mister Bastable, wie wir in anderer Hinsicht alle Angreifer sind. Im Grunde genommen sind wir Opfer der beruhigenden Lügen, die wir uns einreden, unserer Bereitschaft, uns Führern und Religionen zu unterstellen, und unseres Wunsches, die Verantwortung auf andere abzuschieben, ob es nun Politiker, Götter oder Geschöpfe von einem anderen Planeten sind.«

»Sie reden wie Makhno.«

»Ich habe vieles mit Nestor Makhno gemein.«

»Sind Sie Anarchistin?«

»Ich glaube nicht an Regierungen oder Religionen, wenn Sie das meinen.«

Irgendwie hatten mir Mrs. Perssons Eröffnungen Erleichterung verschafft. Ich hatte Klarheit, wo ich bislang verwirrt gewesen war. Ich fühlte mich nicht mehr als Opfer des Schicksals, obwohl ich es natürlich in gewissem Sinne blieb, ebenso wie, wenn nicht gar mehr als Hauptmann Dempsey.

»Wir sollten uns etwas hinlegen«, sagte Mrs. Persson. »Wir müssen morgen bei Birchingtons Vorführung anwesend sein.«

»Warum machen Sie das alles mit?« fragte ich sie.

Sie legte die Finger auf die Lippen. »Haben Sie Vertrauen zu mir«, sagte sie.

»Das habe ich auch.« Ich lächelte. »Aber ich möchte nicht noch mehr Blut von Unschuldigen an meinen Händen.«

Sie trank ihren Kaffee aus. »Hauptmann Bastable, wenn alles gutgeht, haben wir morgen unsere Aufgabe hier beendet, dann reisen wir beide ab.«

»Abreisen? Wohin?«

»Zu einem Stützpunkt. Sie sind eingeladen, sich der Liga der Zeitabenteurer anzuschließen.«

»Missis Persson, ich versuche, nach Hause zu kommen. Zurück in meine eigene Zeit und meine eigene Welt.«

»Hauptmann Bastable, Sie müssen sich mit der Tatsache abfinden, daß Sie diese besondere Art von Geborgenheit nie mehr erleben werden. Nach dem, was Sie erlebt haben, wird Ihre eigene Zeit Sie einfach nicht mehr auf Dauer aufnehmen. Aber seien Sie versichert, daß die Liga Ihnen eine Art Ersatz bietet. Sie haben dann Ihr Schicksal etwas mehr in der Hand als bislang.«

»Darauf würde ich großen Wert legen«, erklärte ich.

»Einstweilen«, fuhr sie fort, »vertrauen Sie sich bitte meiner Führung an. Wir haben hier wirklich eine sehr komplizierte Aufgabe, Hauptmann Bastable. Ein Kreis muß geschlossen, eine Pflicht erfüllt werden.«

Am Morgen versammelten wir uns außerhalb der Schule in dem großen rechteckigen Hinterhof. Überall kamen und gingen Kosaken. Im ganzen Lager klangen die geschäftigen Geräusche von Pferden und Soldaten, Geschützen und Panzerfahrzeugen. In der Ferne fuhr ein mit Männern und Waffen beladener Panzerzug vorüber. Jedermann wußte, daß Jekaterinoslaw zurückerobert war, die Japaner Frieden erbaten und die Truppen der Zentralregierung unterwegs waren zum Hauptquartier der Kosaken.

Dschugaschwili beruhigte seine Atamane. »Diesem Angriff werden wir leicht widerstehen können. Und es wird nicht lange dauern, daß uns Moskau auf Gnade und Verderb ausgeliefert ist.«

Ein prächtig in Schwarz und Silber gekleideter Ataman zupfte an seinem üppigen grauen Bart und brummelte: »Die Luftschiffe werden uns vernichten. Sie sind Feiglinge. Wir können sie nicht erwischen. Gegen sie ist der Kosakenmut wirkungslos.«

»Wir werden unsere eigene Wissenschaft einsetzen – eine viel bessere Wissenschaft, um gegen die Gefahr ihrer Luftschiffe anzukommen«, beruhigte ihn Dschugaschwili. Die Stahlmaske blitzte, als er den Blick zur Sonne hob. »Ihr werdet sehen. Innerhalb einer Woche reiten wir durch die Straßen von Petersburg. Sofern es dann noch existiert.«

Der Ataman wurde nervös. »Bei Gott, Hetman, ich hoffe, du benutzt keinen Teufelszauber. Ich bin ein guter Christ ...«

»Wir streiten für Gott und den Sozialismus«, erwiderte Dschugaschwili und ging nun von einer anderen Seite an das Thema heran. »Und für die Freiheit der Kosakenhorde. Gott hat uns ein Instrument in die Hände gelegt, das uns für alle Zeiten unsere Freiheit sichern und uns als Sozialisten in die Lage versetzen wird, seine Werke zu vollbringen.«

Wieder mußte ich mich zwingen, meine Ungläubigkeit nicht auf meinem Gesicht erscheinen zu lassen. Ich mußte Mrs. Perssons sarkastischem Blick ausweichen.

»Für Gott und den Sozialismus«, sagte sie, »werden wir alle unsere Widersacher vernichten.«

Der Kosak war besänftigt und kehrte zu seinem Pferd zurück. Er ritt davon, um sich zu seinen Männern zu gesellen.

Mrs. Persson murmelte mir auf englisch zu: »Es liegt im Wesen eines jeden guten Despoten, daß er jenen, die er braucht, alles sagt, was sie hören wollen. Nur wenn er sie nicht benötigt, sagt er, was er wirklich denkt. Und manchmal macht er sich nicht einmal dann die Mühe. Das Geheimnis, ein großer Tyrann zu werden, liegt darin, allen alles zu bedeuten.«

»Sie reden, als hätten Sie ihn selbst ausgebildet«, sagte ich.

Sie erwiderte nichts darauf.

Dschugaschwili hatte sie sprechen gehört und wandte ihr seinen intensiven Blick zu. »Wo steckt Dempsey?« fragte er. »Ist er in der Lage, das Kommando des Schiffes zu übernehmen?«

»Natürlich.«

Ich hatte Dempsey an diesem Morgen schon gesehen. Es war ganz offensichtlich, daß er sich mit Drogen in Form hielt. Er schien fest entschlossen, als Kapitän auf der *Wassarion Belinksi* zu fungieren. Er hatte uns gebeten vorauszugehen, er würde sogleich nachkommen.

Dschugaschwili drehte uns den Rücken zu und rieb an seinem Stahlhelm, als wäre es ein richtiges Gesicht. Ich fragte mich, ob er damit geschlafen hatte. »Er sollte lieber dafür sorgen, daß er sich in der Gewalt hat«, sagte er drohend. »Ach, Mister Birchington.«

Birchington war aufgetaucht und schritt vor mehreren Kosaken einher, die etwas auf den Schultern trugen. Es war in Baumwolltücher und Sackleinen gehüllt und etwa doppelt so lang wie die Größe eines Menschen.

Birchington wirkte, als fühlte er sich nicht wohl in seiner Haut. »Guten Morgen, Chef. Ich hoffe ...«

»Ich ebenfalls, Mister Birchington. Ist er bereit?«

»Oh, wir haben keine größeren Schwierigkeiten mehr damit ...«

»Schön. Das wird unserer Moral sehr gut tun. Haben sie die letzten Neuigkeiten gehört? Feindliche Erkundungsschiffe sind bereits im Südwesten gesichtet worden.«

»Aber ...«

»Glauben Sie mir, Mister Birchington: Ich weiß, was Kosaken beeindruckt.«

Birchington gab den Männern Anweisung, das Ding am Boden abzustellen. Sie stellten es aufrecht hin. Es sah aus wie ein riesiger Leichnam, der in unsaubere Laken gehüllt war.

»Zeigen Sie es Hauptmann Bastable und Missis Persson. Ich weiß, wie neugierig sie sind.« Dschugaschwilis Jovialität klang bedrohlich.

Birchington begann an den Tüchern zu ziehen. Es war eindeutig, daß das Ding aus Metall bestand. Als er die Verpackung abnahm, sahen wir, daß es sich um die stählerne Gestalt eines Mannes in Kosakentracht handelte.

»Da steht ein Stahlzar, der unseren Feinden Furcht und Schrecken einjagen wird!« kreischte Dschugaschwili. »Was sagen Sie dazu?«

Weder Mrs. Persson noch ich brachten ein Wort heraus.

Das Gesicht stellte ein genaues Abbild von Dschugaschwilis Maske dar. Birchington hatte ein Modell des Kosaken-Hetmans von doppelter Lebensgröße geschaffen. Die ganze Szene wirkte auf mich in zunehmendem Maß bizarr.

»Was meinen Sie?«

»Er ist großartig«, erklärte Mrs. Persson.

Ich nickte begeistert. Es war das äußerste, was ich mir abringen konnte.

»Wir werden ihn gleich unseren Soldaten demonstrieren«, sagte Dschugaschwili. »Er wird sie in die Schlacht führen. Und während unsere Kosaken gegen die Zentralregierung kämpfen, werden Sie das Luftschiff zu Makhnos Lager fliegen und die erste Bombe abwerfen.«

Birchington wirkte ungewöhnlich schweigsam und nicht ganz wie er selbst. Er befahl den Männern, die Figur aufzuheben und zum Hauptlager der Kosaken zu schaffen.

Dschugaschwili war in Hochstimmung. »Kommen Sie mit!« forderte er uns auf.

Nun erschien auch Dempsey. Er hatte sich rasiert und trug die Uniform eines Luftschiffoffiziers. Die Kleider schienen ihm viel zu groß zu sein. Er war abgezehrt, doch er kam festen Schritts daher und schien die verzweifelte Haltung abgelegt zu haben, mit der ich ihn zu identifizieren begonnen hatte. Er zwinkerte mir sogar zu. »Guten Morgen, Bastable. Bereit zum Aufsteigen?«

»Wir sind alle bereit«, sagte Mrs. Persson.

Nun gesellte sich auch Professor Marek zu der Gruppe, als wir hinter dem ›Chef‹ hermarschierten. Marek schüttelte den Kopf. »Zu früh«, brummelte er. »Viel zu früh.«

Keiner von uns hatte eine Ahnung, was er meinte. Er wirkte halb von Sinnen und immer noch sehr krank. Wir ignorierten ihn.

Wir gelangten an den Rand des Dorfes. Die Kosakenhorde strömte zusammen; sie reichte fast bis zum Horizont. Auch Panzerfahrzeuge und Feldgeschütze wurden herangeschleppt. Eine Plattform war errichtet worden und daneben ein Podium. Dschugaschwili bestieg das Podium und begrüßte die Soldaten.

Birchington beaufsichtigte die Männer, als sie die schwere Metallfigur auf die Füße stellten.

»Freie Kosaken!« schrie Dschugaschwili. »Euer Blut wurde für die heilige Sache von Freiheit und Sozialismus vergossen. Die Zentralregierung hat ihre Streitmacht und die ganze Stärke ihrer Wissenschaft gegen uns ins Feld geführt. Nun besitzen wir unsere eigene Wissenschaft – unsere eigenen Wunder. Seht her!« Mit ausholender Geste deutete er auf den Metallmenschen. »Hier ist ein Zar, der wirklich aus Stahl geschaffen ist. Ein unverletzbarer Schlachtenführer, wie die Kosaken ihn verdienen.« Er murmelte Birchington zu: »Setzen Sie ihn in Gang!«

Birchington griff hinauf zur Taille der Figur und drückte einen Hebel. Plötzlich wurde das Stahlwesen lebendig. Mit ungeschickten, ruckartigen Bewegungen faßte es sich an den Gürtel und zog den riesigen Säbel, der ganz offensichtlich dem Maßstab des mechanischen Menschen angepaßt war. Mit kreischendem Geräusch fuhr der Säbel aus der Scheide.

Die Kosaken zeigten sich beeindruckt. Dschugaschwili kannte sie offenbar gut. Als der mechanische Mensch den Säbel über den Kopf schwang, brachen die Kosaken in Jubel aus. Sie zogen ihre eigenen Säbel und schwenkten sie; sie rissen ihre Pferde hoch, bis sie sich aufbäumten. Der Lärm ihrer Begeisterung war ohrenbetäubend.

Langsam drehte das mechanische Ungetüm den Kopf, als ob es lauschte. Es neigte den Blick, um auf Birchington herabzustarren. Es hob den Kopf. Offensichtlich waren alle diese Bewegungen von Birchington geplant. Es tat ein paar Schritte nach vorn, der großen Reiterversammlung entgegen. Mit erhobenem Säbel blieb es stehen. Wieder jubelten die Kosaken.

Mrs. Persson sprach dicht an meinem Ohr. »Sie lieben Heiligenbilder. Sie würden Bilder wirklichen Menschen vorziehen. Das ist schon seit Jahrhunderten ihr Unglück.«

Dempsey hatte zu lachen begonnen und schwieg erst, als Mrs. Persson ihm Zeichen machte. Ich für meinen Teil fand das ganze Schauspiel alptraumhaft.

Der mechanische Stahlzar begann, den Säbel über dem

Kopf zu schwenken, als imitierte er die Kosaken. Wieder tat er ein paar Schritte nach vorn.

Dann beugte er ein Knie. Ich denke, Birchington hatte diese Reihe von Bewegungen ursprünglich geplant, um die Unterwürfigkeit dieses mechanischen Wesens gegenüber seinem Herrn Dschugaschwili zu demonstrieren. Doch er hielt mitten in der Bewegung inne. Das Knie zuckte ein paarmal. Quietschen und metallisches Klappern waren zu hören. Die Figur begann sich umzudrehen, zog jedoch das Bein hinter sich her. Sie schwankte.

Dschugaschwili wahrte die Fassung, doch er war wütend. »Bringen Sie das Ding in Ordnung, Birchington, oder das ist Ihr Ende.«

Birchington rannte auf den mechanischen Mann zu und griff nach dem Hebel an der Taille.

Das Ding schien seine Nähe zu fühlen und vollendete seine Drehung. Rasch sank der Arm mit dem Säbel.

Birchington brüllte: »O nein! Das ist nicht vorgesehen!« Doch dann hatte ihn schon der Säbel vom Scheitel bis zum Brustbein aufgeschlitzt. Überall floß Blut.

Plötzlich schwiegen die Kosaken.

Birchingtons Leichnam fiel auf die schwarze Erde. Mit einem Kreischen von Rädern und Scheiben begann der mechanische Mann umzukippen. Er zermalmte die Leiche seines Schöpfers unter sich.

Ich hörte Professor Marek hinter mir. »Ich sagte doch, daß es zu früh war. Er hat sich nicht genügend Zeit gelassen ...«

Ich konnte hören, wie der Wind über die Steppe heulte.

Dann ertönte das trockene, schreckliche Geräusch von Dschugaschwilis Lachen.

»Ei, ei, Mister Birchington! Welch saubere Arbeit!« Er wandte sich der entsetzten Kosakenhorde zu. »Der Verräter Birchington ist als erster unter dem Racheschwert des stählernen Zaren gestorben. Dieser Spion für die Zentralregierung versuchte, unsere Rüstungsanstrengungen zu sabotieren. Brüder, wir sind gerächt. Freiheit!«

»Armer Birchington«, sagte Mrs. Persson. »Welch schreckliche Lehre!«

»Und welch endgültige!« meinte Dempsey. Er ging davon.

Dschugaschwili wandte sich an uns. »Professor Marek, setzen Sie den mechanischen Mann wieder in Gang, wenn möglich. Schaffen Sie ihn zurück in die Labors.«

»Zu früh«, wiederholte Marek. Er gab den Soldaten Zeichen, die Figur wieder auf die Schultern zu nehmen.

»Hauptmann Dempsey, sind die Bomben an Bord?«

»Sie sind an Bord«, sagte Dempsey.

»Dann voran zu ihrem ersten Ziel! Beeilen Sie sich, Hauptmann Dempsey. Ich möchte keine weiteren Pflichtverletzungen mehr erleben.«

Ich schaute zum Himmel empor. Ich deutete hinauf. »Sie sollten sich lieber mit den dringenden Problemen beschäftigen«, sagte ich.

Truppentransporter waren unterwegs. Während wir sie beobachteten, verließen die ersten Infanteristen das Fahrzeug, schwebten uns entgegen und eröffneten schon das Feuer.

8

Eine Art Revolution

Gerade als wir ablegen wollten, huschte Professor Marek noch an Bord. Ich stand auf dem vertrauten Steuerdeck der *Wassarion Belinski* zwischen Hauptmann Dempsey und Mrs. Persson und starrte durch die Beobachtungsluke hinaus, während das Schiff rasch in die Luft stieg. Wir hatten eine wild zusammengewürfelte Crew von halbausgebildeten Kosaken, von denen einige Deserteure der Freiwilligen Luftflotte waren. Wie Dempsey zu mir gesagt hatte: »Für diese Art Arbeit sind sie gut genug, Bastable, keine Angst.«

Durch die Luken konnten wir die ersten Gefechte zwischen den Kosaken und Soldaten der Zentralregierung beobachten. Die erfahrenen Steppenschützen schossen die herabgleitenden Infanteristen ab, als diese gerade von ihren Schiffen absprangen. Sie stürzten herunter wie erschlagene Falter.

»Wir lassen sie lieber weitermachen«, meinte Dempsey gleichgültig. »In Ordnung, Höhensteuermann! Bringen Sie uns auf dreihundert Meter hoch: gemäßigter Aufstieg. Richtungssteuermann: Nord-Nordwest, bitte. Halbe Kraft, Mister Bastable.«

Ganz plötzlich war er zum tüchtigen Luftschiffkapitän geworden – all das, was er vor seiner Teilnahme an den schrecklichen Verbrechen eines Massenmordes im Namen idealistischer Prinzipien gewesen war. Aber weshalb hatte er sich einverstanden erklärt, Makhnos Lager zu bombardieren? Hatte der Zynismus ihn wie ein Krebsgeschwür völlig durchwuchert?

Dempseys Hände zitterten so gut wie gar nicht, als er auf der Brücke stand und mit vor der Brust verschränkten Armen zusah, wie die Erde unter uns kleiner wurde. Unser Schiff flog noch unter russischen Farben, so daß wir nicht angegriffen wurden. Vielmehr ließ Dempsey sogar über Funk ein Angebot durchgeben, daß wir uns der Schlacht anschließen könnten. Man erteilte uns jedoch Befehl, nach Odessa zurückzukehren, um neue Munition an Bord zu nehmen und Bericht zu erstatten.

Als letztes sah ich, wie die ersten Lufttorpedos auf die Kosaken hinabpfiffen. Ich kehrte den Luken den Rücken zu.

»Dempsey«, sagte ich, »wollen Sie tatsächlich noch eine dieser Höllenbomben abwerfen? Wollen Sie Makhno und alle seine Männer umbringen?«

Dempsey wandte mir seine traurigen, selbstironischen Augen zu. »Natürlich ...«

»Aber ...«

»Natürlich wird er das«, erklang eine Stimme hinter mir. Es war Dschugaschwili, flankiert von zwei gut bewaffneten Kosaken. Er hatte keinem von uns getraut.

Der Stahlzar lachte hinter seiner Maske. »Ich möchte Makhnos Ende selbst miterleben.«

»Aber Ihre Leute!« wandte ich ein. »Sie sind führerlos. Es sieht so aus, als zöge die ganze Freiwilligenflotte gegen sie auf.«

»Sie haben Birchingtons Riesen. Er steht irgendwo dort drunten und gibt ihnen Kraft und Hoffnung.«

»Er ist ein sinnloses Abbild!«

»Mehr brauchen sie nicht. Außerdem, Hauptmann Bastable, haben diese Kerle auch weitgehend ihre Schuldigkeit getan. Sie stellen einen Anachronismus dar – ihre Auffassungen behindern den Gang des wissenschaftlichen Sozialismus.«

Ich konnte fühlen, wie mir alles Blut aus dem Gesicht wich. »Sie opfern diese Männer. Sie vertrauten Ihnen völlig. Sie haben Reden gehalten und ihnen Ziele gesetzt, damit sie kämpften. Sie werden nicht aufgeben. Vielleicht kommen sie alle um. Wofür?«

»Für die Geschichte«, antwortete er. Er wirkte mir gegenüber ungeduldig, als ob ich kindisch-naive Fragen stellte. »Für die Zukunft.«

Mrs. Persson unterbrach uns. »Die Vorstellung der Zukunft wird langsam die Vorstellung von Gott ersetzen. Doch beide Konzeptionen werden so gut wie identisch sein in der Art und Weise ihrer immanenten Widersprüche und deshalb gleichermaßen verwirrend für ihre Gläubigen. Und indem die Anhänger verwirrt und dadurch geschwächt bleiben, lassen sie sich um so leichter von Priestern – oder wie jene Leute sich auch nennen mögen – manipulieren. Da diese Priester häufig ebenso verwirrt sind wie jene, die sie führen wollen, geraten sie in Wut, wenn ihre Begründungen irgendwie in Zweifel gezogen werden. Sie werden die Zweifler umbringen. Währenddessen ...«

Sie sprach rasch in englisch. Dschugaschwili schritt auf die Brücke, stellte sich neben Dempsey und hob seinen ausgezehrten Arm, um sie zum Schweigen zu bringen. »Sie werden unser Erster Admiral werden, Hauptmann Dempsey. Sie werden ein Held des Sozialismus. Haben Sie keine Sorge. In Moskau und Petersburg allein leben Hunderte, Tausende unzufriedener Menschen. Sie werden sich erheben, um sich uns anzuschließen, nachdem wir gezeigt haben, wozu der wissenschaftliche Sozialismus imstande ist.«

Dempsey beugte sich nach vorn und überprüfte verschiedene Instrumente. »Dreiviertel Kraft, Mister Bastable.«

»Dreiviertel Kraft.« Ich übermittelte den Befehl dem Maschinisten.

»Sie werden unser Luftschiff nach Petersburg führen«, fuhr Dschugaschwili fort. »Sie sind ein tapferer, feiner Mann, Kapitän Dempsey. Sie werden mit allen Ehren belohnt werden ...«

Wir alle wußten, daß dies seine Art war, sich von Leuten zu erschmeicheln, was er brauchte. Wir alle wußten, sobald Dempsey seinen Dienst getan hätte, würde auch er im Namen der Zukunft liquidiert.

»Danke, Sir«, erwiderte Dempsey. Er sah zu Professor Marek hin, der dasaß und Berechnungen auf ein Blatt Papier kritzelte.

Dschugaschwili tätschelte Dempsey den Rücken. »Ich weiß meine Dankbarkeit zu zeigen, Kapitän.«

»Ja, gewiß, Sir.« Dempsey erteilte dem Steuermann weitere Anweisungen.

Der Himmel war heute grau und weit. Leichter Regen benetzte die Beobachtungsluken. Wir hörten, wie er auf unsere Hülle prasselte. Graues Licht erfüllte die Brücke, unterstrich Dempseys Blässe und betonte die ungesunde, sich schälende Haut von Professor Marek. Dieses Schiff wirkte schon jetzt wie ein Totenschiff auf mich.

Dempsey stellte eine Veränderung beim vorderen Steuerbordmotor fest. Er neigte den Kopf zur Seite. Wie jeder gute Luftschiffkapitän lauschte er die ganze Zeit über. Ein Luftschiff zu führen, erfordert ebenso gute Ohren wie gute Augen. »Irgend etwas stimmt nicht, Mister Bastable. Könnten Sie mal gehen und in der Motorgondel nachsehen?«

»Selbstverständlich.«

Ich verließ die Brücke und stellte überrascht fest, daß Mrs. Persson mir folgte.

»Wie weit noch bis zu Makhnos Lager?« fragte ich sie,

als wir die Niedergangstreppe entlanggingen. Rings um uns her waren nun Wolken.

»Etwa eine halbe Stunde. Wir müssen diese Bomben entschärfen, Hauptmann Bastable.«

»Was?«

»Das ist doch der ganze Sinn dieses Manövers. Wir entschärfen sie, und wenn sie fallen, erweisen sie sich als nutzlos. Deshalb haben wir doch solange bei Dschugaschwili mitgespielt. Allerdings hatten wir nicht damit gerechnet, daß er an Bord kommt.«

Ich war hocherfreut. »Ich verstehe sehr wenig von Bomben«, sagte ich, »insbesondere von dieser Art.«

»Ich verstehe eine Menge davon. Kommen Sie. Wir gehen hier entlang zum Bombenschacht. Er ist nicht bewacht.« Sie öffnete eine Luke und schickte mich ins Halbdunkel. Wir kletterten eine Stahlleiter hinab. Ich konnte das vertraute Ächzen der Bombenhalterungen hören und sah schließlich die groben Umrisse der Behälter, die ungefähr Standardgröße hatten und mit kyrillischen Buchstaben beschriftet und mit einer besonderen Art von Verzierungen bemalt waren, wie ich sie auch auf den Waffen der Kosaken gesehen hatte. Waren das die Bomben, die die Vernichtung der ganzen Welt auslösen konnten?

Mrs. Persson sagte: »Die Sprengsätze befinden sich in den Spitzen. Wir müssen sie abschrauben.« Sie stellte sich rittlings über die Bombenklappen und griff nach einem großen Schraubenschlüssel. »Nehmen Sie den!« bat sie.

Drunten konnte ich ab und zu etwas Tageslicht erkennen, wenn die Klappen wackelten. Ich hatte das Gefühl, wir könnten so leicht hindurchfallen wie die Bomben selbst, und machte mich sehr vorsichtig bei der ersten Bombe ans Werk.

Wir hatten noch keine fünf Minuten gearbeitet, als wir vom Laufgang über uns Geräusche vernahmen.

»Das ist nicht nötig.« Es war Dempsey, und er klang wie Gottes Zorn. »Das ist nicht nötig. Überlassen Sie die Bomben mir!«

»Dempsey!« Una Persson griet in Aufregung. »Sind Sie denn wirklich verrückt? Wir waren übereingekommen, daß wir ...«

»Das war Ihr Plan, Missis Persson, nicht der meine.«

»Sie werden doch gewiß nicht Dschugaschwili helfen!«

Dempsey richtete einen großen Revolver auf uns. »Weg da!« befahl er.

»Dempsey!« Noch niemals hatte ich Mrs. Persson so sichtbar erschreckt erlebt. »Das können Sie nicht tun. Makhno ...«

»Diese Bomben müssen gezündet werden«, erklärte Dempsey. »Alles andere hätte keinen Sinn.«

»Aber wir wollen doch beweisen, daß sie nicht funktionieren.«

»Nichts wird das beweisen!«

Mrs. Persson machte sich weiter an der Nase der Bombe zu schaffen. Dempsey befahl seine Leute zu uns herüber. Mrs. Persson schien fast zu weinen, als sie sich gegen sie wehrte. Ich muß gestehen, daß ich aufgab. Schweigend reichte ich meinen Schraubenschlüssel dem ersten Kosaken, der auf mich zukam. Er legte mir ein Päckchen in die Hände wie zum Tausch. Ich wußte nicht, worum es sich handelte.

Die Bombenschächte wimmelten nun rings um uns her von Kosaken.

»Sie stören meine Pläne«, erklärte Dempsey kalt. »Und *ich* habe das Recht, nicht Sie, zu entscheiden, was mit diesen Bomben zu geschehen hat.«

»Sie haben kein Recht. Niemand hat ein Recht. Sie laden zu viel Schuld auf sich, Hauptmann Dempsey.« Mrs. Persson wand sich im Griff der Kosaken, als diese sie brutal zwangen, den Schraubenschlüssel fallen zu lassen.

»Und Sie laden zuviel Verantwortung auf sich«, sagte er. »Ich habe das Recht.«

»Und was ist mit Ihnen, Hauptmann Bastable?« fragte sie. »Haben Sie nicht ein gleiches Recht darauf?«

»Nicht hier«, antwortete ich. Ich blickte zu Dempsey auf. Ich wußte nicht, was er vorhatte, doch ich respektierte seine Entscheidung vollständig. »Und ich stimme mit Hauptmann Dempsey überein, Missis Persson. Er hat zusammen mit Professor Marek das Recht.«

Dempsey verbeugte sich leicht. Meine Worte schienen ihn zu erheitern. Er hob eine Augenbraue. »Missis Persson?«

Sie zuckte mit den Schultern. »Na schön, Hauptmann Dempsey. Aber wenn Sie Makhno umbringen ...«

»Ich denke, das gehört zu meiner Verantwortung.«

»Und zu meiner, wenn ich nicht versucht habe, Sie aufzuhalten.«

Ich unterbrach die beiden. »Ist das der rechte Augenblick für moralische Diskussionen?«

»Jene Päckchen enthalten Gleitflügel«, erklärte Dempsey. Er rieb sich über die eingesunkenen Augen. Seine Stimme wurde plötzlich müde. »Sie werden Sie zur Flucht benutzen.«

»Wo ist der Stahlzar?« fragte Mrs. Persson. »Er hat die eigentliche Macht auf diesem Schiff ...«

»Nicht mehr«, erklärte Dempsey.

»Wo ist er?«

»In Sicherheit.« Dempsey drehte sich um. »Ich will Ihnen beiden Lebewohl sagen. Es ist unwahrscheinlich, daß wir uns jemals wiedersehen.«

»Auf Wiedersehen, Dempsey«, sagte ich und fügte hinzu: »Viel Glück!«

Er lachte, als er die Stahlleiter zum Steuerdeck hinaufkletterte. »Danke, Bastable. Haben Sie vielen Dank.«

Man streifte uns die Gleitflügel über, und wir wurden grob durch die Bombenschächte gestoßen. Sekunden später öffneten sich die Flügel, und wir schwebten langsam der öden Steppe entgegen. Nirgendwo unter uns war ein Zeichen menschlichen Lebens zu erkennen. Wir schauten zurück.

Das Luftschiff entfernte sich rasch in nordöstlicher Richtung.

Wir landeten ziemlich unsanft auf dem harten Gras. Ich verletzte mich ein wenig am Knöchel, es war jedoch nichts Ernsthaftes.

Als ich Mrs. Persson half, ihre Flügel abzunehmen, wurde ich plötzlich von grellem Licht geblendet, als wäre die Sonne unerwartet hinter den Wolken hervorgebrochen. Mrs. Persson warf sich zu Boden, und ich folgte ihrem Beispiel, ohne recht zu wissen warum.

Augenblicke später begann die Erde zu beben, als ein gewaltiges, widerhallendes Dröhnen durch die Welt zu donnern begann.

Wir begriffen natürlich beide, was das war. Dempsey hatte die Bomben in der Luft über der kahlen Steppe gezündet. Wir sahen eine dicke Rauchsäule aufsteigen, als Asche wie Regen über die Landschaft niederrieselte.

Mrs. Persson sagte: »Der Narr. Ich wußte, daß er es versuchen würde. Ich dachte, ich hätte ihn überzeugt. Aber er hat mich letztlich doch übertölpelt. Seine Schuldgefühle waren zu übermächtig. Aber es war vollkommen unnötig.«

»Ich verstehe schon, warum er es so haben wollte«, meinte ich.

Sie war unduldsam. »Verstehen? Ich auch. Aber was soll das nun? Es bedeutet doch nur einen weiteren Verlust.«

Ich weiß immer noch nicht, was sie damit sagen wollte. Sie weinte.

Ich unternahm ein paar Versuche, sie zu trösten, aber Una Persson ist keine Frau, die leicht zu trösten ist. Sie beruhigte sich und begann festen Schritts, den Rücken dem Bombenpilz zugekehrt, über die Steppe zu gehen. Sie sagte: »Die Bombe, ihr Erfinder, der Despot, der sie einsetzen wollte, und alle seine Untertanen sind nun dahin. Doch solange dieses Syndrom weiter existiert, bleibt der Kreislauf bestehen. Ich hoffte ihn zu durchbrechen. Um einen neuen Kreis aufzubauen.«

»Läßt der Kreis sich denn jemals durchbrechen?« fragte ich sie.

»Das versuche ich ja herauszufinden«, antwortete sie.

Anderthalb Tage später wurden wir von einigen von Makhnos Reitern aufgegriffen. Wir waren erschöpft und deprimiert, und die Neuigkeit, daß Makhno der Zentralregierung Konzessionen und ein Gebiet abgerungen hatte, um sein ›anarchistisches Experiment‹ durchzuführen, konnte uns nur wenig aufheitern.

An jenem Abend betrank ich mich bei einer Feier unter freiem Himmel zwischen den Masten von Makhnos schwarzen Kreuzern und fragte Mrs. Persson: »Ist Dempsey wirklich umsonst gestorben?«

»Wahrscheinlich nicht. Aber wozu ist ein Märtyrer gut, Hauptmann Bastable? Solange Menschen an die magische Kraft der Persönlichkeit glauben anstatt an die menschliche Fehlbarkeit von Individuen, werden sie niemals ganz frei sein.«

»Aber Dempsey wollte doch nur Wiedergutmachung

üben. Er sagte, es wäre sein Recht, und es *war* sein Recht.«

Nestor Makhno beugte sich nach vorn. Ich glaube, er war noch betrunkener als ich. »Wir alle tragen Schuld. Wir alle sind unschuldig. Erst wenn wir die Verantwortung über unser eigenes Handeln anerkennen, werden wir frei sein – und erst dann wird die Welt für uns alle sicher sein. Dempsey besaß ein altmodisches Ehrgefühl. Damit hat er sich selbst vernichtet. Es ist wahr, daß er viele Leben gerettet hat, doch mit Missis Perssons Plan hätten vielleicht noch mehr gerettet werden können. Solange wir mit uns selbst im Wettstreit liegen, solange wir mit anderen wetteifern, einander unserer Mißgeschicke beschuldigen, werden immer wieder Konflikte möglich werden wie jener, der nun vorüber ist.«

Makhnos Worte beeindruckten mich. Aber Dempseys Handeln hatte mich ebenfalls beeindruckt. Zumindest war ich von dem schrecklichen Mangel an Selbstvertrauen, von dem fürchterlichen Entsetzen befreit und war, wie Mrs. Persson mir später berichtete, jetzt bereit, ein bewußter Wanderer zwischen den Welten zu werden und der merkwürdigen Gesellschaft beizutreten, die als die Liga der Zeitabenteurer bekannt ist. Ich wußte, was im Tempel von Teku Benga begonnen hatte, war nun vorüber. Es begann eine neue Phase meines Lebens – vielleicht eine positivere Phase.

Die Zeit, so sagt man, wird es erweisen, Moorcock.

Bei meinen Abenteuern habe ich nur eines gelernt: Die Despoten sind überall gleich, doch es gibt viele verschiedene Arten von Opfern.

Ich hoffe, daß Sie dieses Manuskript erhalten und in der Lage sein werden, es zu veröffentlichen. Ich habe so eine Ahnung, daß es das letzte ist, das Sie jemals von mir erhalten werden. Die Zeit der Retrospektive auf meine

Vergangenheit ist vorüber. Nun blicke ich nach vorn, sofern das das angemessene Wort ist, um in der ewigen Gegenwart zu leben.

Hauptmann Oswald Bastable,
Luftschiffahrer, Irgendwo im Unteren Devon

NACHWORT DES HERAUSGEBERS

Und das ist, so gut ich es darbieten kann, die abschließende Geschichte von Oswald Bastable. Wie viele Leser bereits wissen werden, erinnert der stählerne Zar Dschugaschwili frappierend an den ›Mann aus Stahl‹, den wohlbekannten Expriester, den Georgier, der sich selbst den Namen Josef ›Stalin‹ gab. Aber das ist auch in allen Welten des Multiversums nichts Ungewöhnliches, daß die gleiche Art von Persönlichkeit in ungefähr den gleichen Rollen auftritt. Interessanter ist es gewöhnlich, wenn sie durch veränderte Umstände in sehr verschiedenen Rollen auftauchen. Ich erwarte zwar weitere Besuche von Mrs. Persson, nehme jedoch an, daß ich von Bastable keine besonderen Nachrichten mehr erhalte, da er nun der berühmten Liga beigetreten ist. Ich freue mich aber sehr zu hören, daß er für sich selbst eine Art Richtung gefunden hat und mit seinem ›Verbrechen‹ und dem Verlust seiner Heimat ausgesöhnt ist.

Michael Moorcock,
Yorkshire, Juni 1980